Memoria

Memoria

Joni Järvi-Laturi

Kustantaja: BoD - Books on Demand, Helsinki, Suomi
Valmistaja: BoD - Books on Demand, Norderstedt, Saksa
ISBN: 978-952-330-348-5

Helille

INT. HOTELLIHUONE. MIAMI. AAMU. 2020

Valtteri Virta, pyöreä ja maskuliininen mies herää hotellihuoneestan jossa on iso digitaalinen televisio ja tyhjiä oluttölkkejä. Hän kulkee parvekkeelle josta hän katsoo alas kohti ihmisparvea sekä auringonnousua.

Sitten hän alkaa katsomaan uutisia internetin kautta. Hän huomaa otsikon: Jonatan Vanhala 1970-2020. Sitten hän katsoo suomenkieliset uutiset hänen kuolemastaan.

UUTISTENLUKIJA
Suomalainen näyttelijä Jonatan Vanhala on kuollut. Jonatan Vanhala tunnettiin valovoimaisena teatteri-esiintyjänä sekä kulttielokuvien tähtenä. Hän kuoli Los Angelesissa sairaalassa. Vanhala oli 50-vuotias.

Kuva kääntyy Valtteriin joka on rauhallinen, apea ja väsynyt.

Hän vaihtaa internet-sivua ja siirtää katseensa uutisen kommentointiosioon.

NAISKOMMENTAATTORI
Jonatan oli ihana persoona joka luisui lopulta mystiseen, eksentriseen erakkouteen jota en ymmärtänyt hänessä mutta joka oli kuitenkin harvinaislaatuista tälle mysteereistä vapaalle ajalle.

MIESKOMMENTAATTORI
Kyllä, Jonatan oli esimerkki siitä miten pienillä asioilla voi vaikuttaa ajan kvalitatiiviseen sisältöön.

Kuva kääntyy taas Valtteriin joka on rauhallinen,

apea ja väsynyt. Hän sulkee television.

Alkutekstit tämän jälkeen. Taustalla soi mystistä, kauhunomaista musiikkia.

Tyhjä ruutu. Muutama sekunti hiljaisuutta.

PAULIN ÄÄNI
I admire him, my Jonatan. At my desk there are old books about sex education, b-list zombie films, black and white films from the 1920s and old health books written by Californians but none of them are as enjoyable to me as his cult films. I'm writing a book about him so soon I will fly to Helsinki
to meet his friends and family members. This is the year 2022 and I want to make a journey from 1980s to this day.
(suom. Ihailen häntä, Jonataniani. Pöydälläni on vanhoja kirjoja seksuaalikasvatuksesta, b-luokan zombie-elokuvia, mustavalkoelokuvia 1920-luvulta ja vanhoja kalifornialaisten kirjoittamia mutta mitkään niistä eivät ole minulle yhtä nautinnollisia kuin hänen kulttielokuvansa. Kirjoitan kirjaa hänestä joten pian minun täytyy matkustaa Helsinkiin tavatakseni hänen ystäviään ja perheenjäseniään. Tämä on vuosi 2022 ja haluan tehdä matkan 1980-luvusta tähän hetkeen.

EXT. MOTELLIHUONE. PÄIVÄ. 2022

Kuvassa näkyy motellihuone päivällä.

INT. MOTELLIHUONE. PÄIVÄ. 2022.

Kuvassa näkyy työpöytä jossa on zombie-elokuvia, seksivalistusvideoita, terveyskirjoja ja mustavalkoelokuvia. Noin 50-vuotias, feminiininen ja harmaahiuksinen Paul istuu motellin sängyllä. Televisiosta näkyy Sunset Boulevard-elokuvan kohtaus jossa William Holdenin roolihahmo lukee Norma Desmondin käsikirjoitusta. Paul nukahtaa. Hän alkaa näkemään unta jossa hän kulkee Wikipedia-artikkelin sivuja samalla kun joku näppäilee älypuhelintaan. Hän myös näkee turkooseja värivaloja keskellä mustaa taustaa ja sen jälkeen nainen huutaa kauhuissaan.

Tyhjä ruutu.

PAULIN ÄÄNI
The last two years I've watched and analysed very closely all of his 20 films. It's been two years since he has passed. Now I've begun my examination about his life because I am more interested about it. I have now with me my dear tape recorder to which I will dictate important things about him and my project concerning him. (suom. Viimeiset kaksi vuotta olen katsonut ja analysoinut hyvin tarkasti kaikki hänen 20 elokuvastaan. On kulunut kaksi vuotta siitä kun hän kuoli. Nyt olen aloittanut tutkimukseni hänen elämästään koska olen kiinnostuneempi siitä. Minulla on nyt rakas nauhurini johon aion sanella tärkeitä asioita hänestä ja projektistani koskien häntä)

EXT. DINER-KAHVILA. PÄIVÄ

Kuvassa näkyy vanhanaikainen diner-kahvila.

INT. DINER-KAHVILA.

Diner-kahvila on täynnä yksinkertaisia ihmisiä. Paul tilaa lettuja ja kahvin ja istuutuu tiskin eteen. Hänen viereensä istuutuu eräs nainen.

NAINEN
Hey, mister, are you a writer?
(suom. Hei äijä, oletko kirjailija?)

PAUL
Yes. I'm writing a book about a Finnish actor.
(suom. Kyllä, kirjoitan kirjaa suomalaisesta
näyttelijästä)

NAINEN
A Finnish actor.
(suom. Suomalaisesta näyttelijästä?)

PAUL
Yes. He's a rarity.
(suom. Kyllä. Hän on harvinaisuus)

NAINEN
Well he is probably talented but he is Finnish.
I've never heard of Finnish actors.
(suom. No hän on luultavasti lahjakas
mutta hän on suomalainen. En ole ikinä
kuullut suomalaisista näyttelijöistä)

PAUL
You should hear about this one.
(suom. Sinun täytyisi kuulla tästä)
Paul istuutuu ruokailemaan. Sitten hän
alkaa selaamaan älypuhelintaan.

INT - MOTELLIHUONE

Dinerissä ollut nainen lähtee motellihoneesta
laitettuaan vaatteet yllensä. Hänen lähdettyään Paul
lukee sähköpostista kirjeen.

ANNAN ÄÄNI
Dear Paul Mailes.

I've been stressful and anxious about meeting you
because I don't know much about you.

However, it would be nice to meet you.
Have a nice trip to Helsinki.

I am excited about your project because it is nice to
see that my son inspired you to write a book.

Sincerely, Anna Hellström.

(suom. Hyvä Paul Mailes

Olen ollut stressaantunut ja ahdistunut
sinun tapaamisesi tähden sillä en tiedä
paljoa sinusta.

Kuitenkin, olisi kiva tavata sinut.
Vietä hyvä matka Helsinkiin.

Olen kiinnostunut sinun projektistasi koska
on kiva nähdä että poikani inspiroi sinua
kirjoittamaan kirjan

Vilpittömästi, Anna Hellström)
Paul istuutuu sängylle ja alkaa katsomaan Jonatanin
elokuvaa Skin katsoen uudestaan ja uudestaan saman
kohdan jossa Jonatan puhuu nuoremmalle miehelle.

EXT. LENTOKENTTÄ. ILTAPÄIVÄ.

Sataa. Paul kävelee nopeasti Finnairin lentokoneeseen.

INT. LENTOKONE. ILTAPÄIVÄ

Paul nukkuu. Hän näkee unen jossa näkyy Monty
Pythonin Hollywood Bowl-show'n yleisöstä
kuvamateriaalia sekä Doorsin
Hollywood Bowl-show'n yleisöstä kuvamateriaalia.
Sitten sen sekoittaa useat häiritsevät, tunkeilevat kuvat
YouTuben amerikkalaisista poliittisista videopätkistä
2010-luvulta.

Kun hän herää eräs vanha nainen alkaa puhumaan
hänelle.

VANHA NAINEN
Hey, mister. Why are you travelling to Finland?
(suom. Hei äijä, miksi matkustat Suomeen?)

PAUL
I'm writing a book about Jonatan Vanhala.
(suom. Kirjoitan kirjaa Jonatan Vanhalasta)

VANHA NAINEN
Never heard of him.
(suom. En ole ikinä kuullut hänestä)

PAUL
Well Jonatan was never part of the mainstream.
He was well-known and unknown at the same time. I
think this is interesting. There aren't many people like
that in this modern world, so mysterious, such cult-like
figures.
(suom. No Jonatan ei ikinä ollut osa valtavirtaa.
Hän oli tunnettu ja tuntematon yhtä aikaa. Minusta
tämä on kiinnostavaa. Ei ole monia sellaisia ihmisiä
nykymaailmassa, niin salaperäisiä, niin kulttimaisia
hahmoja)

VANHA NAINEN
Tell me more about him.
(suom. Kerro minulle lisää hänestä)

PAUL
Not much is known about him. He moved to Los
Angeles in 2010. Before he died, he was a recluse.
His complete commercial independence was
refreshing during this post-modern age.
(suom. Hänestä ei tiedetä paljoa. Hän muutti
Los Angelesiin vuonna 2010. Hän oli erakko
ennen kuolemaansa. Hänen täysi
kaupallinen riippumattomuus oli virkistävää
tänä post-modernina aikana)

VANHA NAINEN
Who are you going to meet in Finland?
(suom. Ketä aiot tavata Suomessa?)

PAUL
I will get to know his mother and two of his closest
friends, to get to know more information about him.
(suom. Tulen tapaamaan hänen äitinsä ja kaksi hänen
läheisintä ystäväänsä saadakseni lisää tietoa hänestä)

VANHA NAINEN
Good luck.
(suom. Onnea matkaan.)

PAUL
Thank you.
(suom. Kiitos)

EXT – HAKANIEMI. ILTA.

Autot ajavat tunnelmallisessa illassa.

INT –HOTELLIHUONE. ILTAPÄIVÄ.

Paul katsoo YouTube:n kautta televisiosta taas
Jonatanin viimeiseksi jääneen elokuvan Skin. Siinä
Jonatan esiintyy merivoimien komentajana
venäläisessä elokuvassa. Jonatan on karismaattinen ja
tummahiuksinen.

PAUL (sanelee nauhuriinsa)
Be courteous to Anna. Behave well and eat protein,
leave carbohydrates away.
Study Spanish a lot.
(suom. Ole kohtelias Annalle. Käyttäydy hyvin
ja syö proteiinia, jätä hiilihydraatit pois.
Opiskele espanjaa paljon)

Hän saa puhelun Annalta.

PAUL
Paul. Okay, I'll be there soon.

(suom. Paul puhelimessa. Okei, tulen sinne pian)

EXT – HAKANIEMI. ILTA.

Paul kävelee kadulla kädet ison mustan takkinsa
taskuissa.
Mystinen musiikki soi taustalla.

INT – ANNAN ASUNTO. ILTA

Paul saapuu Anna Hellströmin asuntoon
joka on täynnä kirjoja ja levyjä ja soittimia.
Anna on kituliaan näköinen ja hänellä
on mustat silmälasit.

PAUL
I'm sorry for your loss.
(suom. Otan osaa menetyksestäsi)

ANNA
I don't grieve about it anymore.
I'm just happy that he lived a long life.
(suom. En sure sitä enää. Olen vain
onnellinen että hän eli pitkän elämän)

PAUL
I'm interested about his legend.
I want to know all about him.
(suom. Olen kiinnostunut hänen
legendastaan. Haluan tietää
kaiken hänestä)

ANNA
Relax, honey.
(suom. Ota iisisti, kulta)

PAUL
I should sit down.
(suom. Voisin istuutua)
ANNA
You want some tea?
(suom. Haluatko teetä?)

PAUL
Yes thank you.
(suom. Haluan, kiitos)

Anna alkaa keittämään teetä.

ANNA
My dear Jonatan was a noble soul. He was friends

with lost souls. He tried to comfort them, my Jonatan.
(suom. Rakas Jonatanini oli jalo sielu. Hänen
ystävänsä olivat kadotettuja sieluja. Hän yritti
lohduttaa heitä, Jonatanini)

PAUL
I see
(suom. Ymmärrän)

ANNA
Souls that were treated badly. Tragic souls.
(suom. Sieluja joita kohdeltiin huonosti. Traagisia
sieluja)

ANNA (cn'tinued)
Please lie down. I call tell you things about him.
(suom. Ole hyvä ja käy pitkällesi. Voin kertoa sinulle
asioita hänestä)

Paul menee makaamaan siniselle kangassohvalle ja
Anna alkaa kertomaan hänelle Jonatanin lapsuudesta.

EXT. MALMIN ALA-ASTEEN PIHA.

Koko lapsuusjakso on kuvattu vanhentuneesti kuin
Tuula Amberlan Lulu-video tai Manitbois-jakso.
Jonatan tapaa ala-asteen pihalla Akin Ollilan ja Tomi
Ilosen, elämänmittaiset ystävänsä.

ANNAN ÄÄNI
Ensimmäisenä päivänä hän tapasi Tomin ja Akin
joista tulisi hänen rakkaimmat ystävänsä. Tomi oli
viaton neuroottinen pieni suloinen mies ja Aki oli
tuima isällinen älykkö. Jo lapsina he olivat sellaisia.

AKI
Hei mikä sun nimes on?

JONATAN
Jonatan.

AKI
Mä oon Aki. Ja toi on Tomi.

JONATAN
Hauska tavata.

TOMI
Ja mielenkiintoista.

(Kamera kuvaa heitä puhumassa samalla kun
välitunnilla koululaiset juttelevat toisilleen ja leikkivät)

ANNAN ÄÄNI
Jonatan tunsi itsensä ala-asteella oudoksi, teknisten ja
rationaalisten sielujen inhoamaksi. Aki ja Tomi olivat
häntä sosiaalisesti ylemmällä tasolla.

JONATAN
Oletteko kuulleet Velvet Undergroundista?
Tai Patti Smithistä? The Clashista?

TOMI
Olen kuunnellut enemmänkin Kraftwerkiä.

AKI
Minä taas olen kuunnellut enemmänkin Queenia.

JONATAN
Entä näyttelijät, keistä pidätte?

AKI
Al Pacino, Paul Newman, Marlon Brando, Robert De
Niro.

TOMI
James Caan.

JONATAN
Mehän voimme katsoa noita yhdessä.

TOMI
Minä ainakin haluan katsoa. Haluan paeta isääni.

JONATAN
Onko sinun isäsi väkivaltainen?

TOMI
Hän lyö minua.

AKI
Minunkin isäni lyö minua.

JONATAN
Minun isäni on taas erilainen. Hän on hyvin
mukava mies. Olenpa onnekas kun isäni ei ole
tuollainen kuin teillä.

TOMI
Siksi pakenen kouluun.

AKI
Niin minäkin. Koulussa saa olla rauhassa.

JONATAN
Minulla on taas sellainen tunne että koulussa
tullaan kiusaamaan minua.

AKI
Ai, no se on monien vaiva.

TOMI
Valitettavasti.

JONATAN
Ihmiset eivät jätä rauhaan, pitää olla
kaukana ihmisistä joskus.

AKI
Usein.

EXT. MALMI. AAMU.

Jonatan pyöräilee Tomin ja Akin kanssa lapsena
vuonna 1982. Filmi on jälleen vanhentuneesti kuvattu,
kuin katsoja näkisi 1980-luvun maagisuutta. He
päätyvät Helsingin keskuspuiston metsään
jonne he pystyttävät teltan. He alkavat pelaamaan
korttia.

INT. HELSINGIN KESKUSPUISTON METSÄ. ILTA

Porukka on teltassa.

JONATAN
Mikä haluaisit olla isona, Aki?

AKI
Haluan olla kirjailija.

JONATAN
Entä sinä, Tomi?

TOMI
Tota, en tiedä vielä mitä haluaisin olla isona. Mutta
mahdollisesti tekisin jotain elokuviin liittyvää.

JONATAN
Minä haluan olla isona näyttelijä.

Yhtäkkiä alkaa ukostaa ja taivaalta
sataa vettä kaatamalla.

AKI
Näyttelijä. Millainen?

JONATAN
Seksisymboli, sellainen.

Jonatan ottaa sauhun menthol-savukkeesta.

AKI
Seksisymboli? Eikö mitään älyllistä?

JONATAN
Ei.

TOMI
No sekin on tavoittelemisen
arvoinen asia.

AKI
Eihän kukaan täällä tiedä mitä
tulevaisuudessa tapahtuu.

JONATAN
Totta. Mutta minulla ainakin on valtavia
suunnitelmia tulevaisuudelle.

TOMI
Niin meilläkin, Jonatan. Niin meilläkin.
Valtavia unelmia.

JONATAN

Olemmeko ystäviä ikuisesti?

AKI JA TOMI
Ystäviä ikuisesti.

Heistä jokainen viiltää etusormestaan verta
ja he kietovat sormensa yhteen.

Hetken päästä telttaan kuuluu tuntemattoman
eläimen ulvontaa ja he pelästyvät sitä
mutta hetken päästä jatkavat keskusteluaan,
tosin nyt hiljaa kuiskaten toisilleen.

AKI
Mitäköhän me vielä saamme kokea?

JONATAN
Päivien valtakunnan.

TOMI
Päivien valtakunnan?

JONATAN
Joo, ehdottomasti.

TOMI
Se on kiehtova ajatus.

AKI
Tämä on kuin luontomuseossa olisi.

JONATAN
Hyvin sanottu.

TOMI
Hyvä pointti.

JONATAN
Jos totta puhutaan niin haluan olla muutakin kuin
näyttelijä isona. Haluan kuulua salaseuraan.

TOMI
Salaseuraan? Millaiseen.

JONATAN
Rakkauden salaseuraan. Haluan myös tietää kaiken,
osata kaikkea. Lukea ja opiskella kaikesta, kehittää
itseäni. Ja haluan olla rikas.

AKI
Miksi noin suuret unelmat?

JONATAN
Haluan olla suuri ihminen.

TOMI
Onnea vain siihen projektiisi.
Pitkä matka edessäsi.

JONATAN
Niin sinullakin.

AKI
Nyt nukkumaan.

TOMI
Nyt nukkumaan.

He alkavat nukkumaan.

EXT. KOULURAKENNUS. KESKIPÄIVÄ.

INT. KOULURAKENNUKSEN YLÄKERRAN
NAULAKKO. KESKIPÄIVÄ

Jonatan näkee Jennin ja muita tyttöjä.
Hän alkaa tuijottamaan Jenniä joka lähtee pois.

INT. LIIKUNTASALI. ILTAPÄIVÄ

ANNAN ÄÄNI
Jonatanin luokalla oli taitoluistelua ja balettia
intohimoisesti harrastava Jenni. Jennin hiukset olivat
tummat, hänellä oli poskillaan hymykuopat ja hän oli
erityisen hoikka. He tapasivat ensimmäisen kerran
liikuntasalissa liikuntatunnin aikana jolloin Jonatan
huomasi Jennin.

AKI
Hei, mihin menet, Jonne?

JONATAN
En kerro.

Jonatan nostaa Jennin kädet ylös asentoon joka
muistuttaa siitä kuin hän alkaisi tanssimaan tangoa
hänen kanssaan.

OPETTAJA
Ei toisiin saa koskea, Jonatan

JONATAN
Mä rakastuin.

OPETTAJA
Saat varoituksen. Tämä on viimeinen kerta.

Jenni pysyi vaiti ja Jonatan poistui salista.

EXT. KATU. PÄIVÄ.

ANNAN ÄÄNI
Muutaman päivän kuluttua Jonatan pyysi
Jenniä kävelylle ja Jenni aluksi kieltäytyi mutta suostui
sillä ehdolla että he kulkisivat lähikaupan ohitse. He
kävelivät pitkin sumuista syksyn katua.

JONATAN
Hei Jenni, onko sinulla kaikki hyvin?

JENNI
Olen vain omissa mietteissäni.

JONATAN
Olet mietteliäs?

JENNI
Niin, olen pohdiskelija luonteeltani.

JONATAN
Olet pikkuvanha.

JENNI
Niin.

JONATAN
Miksi haluat tulla isona?

JENNI
Taitoluistelijaksi tietenkin. Entä sinä?

JONATAN
Haluan olla näyttelijä, seksisymboli.

JENNI
(hiljaa)
Onnea vaan siihen läski.

ANNAN ÄÄNI
Jennin ostettua itselleen mehua, he päätyivät kotiimme
jossa Jenni alkoi raplaamaan kirjahyllyn teoksia.
Jenni vaikutti kuitenkin tylsistyneeltä.

INT. JONATANIN LAPSUUDENKOTI. PÄIVÄ

JENNI
Jaahas.

JONATAN
Täällä minä asun.

JENNI
(tylsistyneenä)
Oletko lukenut kirjoja?

JONATAN
Kaikenlaisia kirjoja.

Jenni kävelee pitkin huonetta.

JENNI
Haluan lähteä pois täältä.

Jonatan näyttää pettyneeltä.

JONATAN
Jos haluat lähteä pois, niin lähde.

JENNI
Ei susta mitään seksisymbolia tule.
Hyvästi. Äläkä seuraa minua.

INT. LUOKKAHUONE. AAMU.

Koulun oma televisiolähetys kuvaa oppilaita
hengailemassa pihalla. Luokka nauraa ja
puheensorina saa jatkua.

Samaan aikaan kun vanhentuneesti kuvatussa
kohtauksessa koulun televisiolähetyksessä näkyy tyttö
ja poika (Jenni ja hänen poikaystävänsä) jotka kertovat
siinä uutisia Jonatan unelmoi metsän kallioisille
poluille matkustamisesta.

EXT. KALLIOT. PÄIVÄ

Jonatan kulkee rinkka selässään kallioita.
Hän syö sämpylän pussistaan ja juo maitoa.

INT. JONATANIN LAPSUUDENKOTI. PÄIVÄ.

Lapsuudenkodissa on kaksi kerrosta isojen
rappusten viedessä yläkertaan.

ANNAN ÄÄNI
Pian Janne, Jonatanin isä saapuisi vuoden kestävältä
matkalta Etelä-Amerikasta. Hän oli kommunisti joka
taisteli köyhien oikeuksien puolesta.

Karismaattinen, isällinen Janne saapuu
lapsuudenkotiin.

JONATAN
Janne!

SISKO
Jonatan, ole hiljaa!

ANNA (Jannelle)
Hei rakas.

Sisko tulee alakertaan.

JONATAN
Hei Sisko. Mitä sinä täällä teet?

SISKO
Olin harjoittelemassa tanssiaskelia. Tulin tänne.

JONATAN
Minä taas opiskelin espanjaa.

JANNE
Hyvä kun opettelet espanjaa. Kävin juuri Kolumbiassa
ja Kuubassa. Siellä on paljon epäkohtia liittyen
ihmisoikeuksiin. Siksi matkustan.

JONATAN
Olen odottanut sinua.
JANNE
Lähdetäänkö yhdessä kävelylle?

JONATAN
Sopii.

EXT. LUMINEN KATU. PÄIVÄ

Jonatan kävelee katse maahan päin yhdessä rinta
suorana olevan Jannen kanssa talven lumisessa
hehkussa. Lumi iskeytyy maahan ja he kävelevät pitkin.

JANNE
Tämä on kaunis päivä.

JONATAN
Niin.

JANNE
Oletko tavannut Valtteria viime aikoina?

JONATAN
En.

JANNE
Hän on kummisetäsi. Sun olisi hyvä tavata hänet.

JONATAN
Ok. Kuinka kauan aiot viipyä Suomessa?

JANNE
En minä täällä Suomessa kauaa ole.
Täytyy lähteä Venezuelaan.

JONATAN
Okei.

JANNE
Oletko saanut ystäviä koulussa?

JONATAN
Olen saanut parikin.

JANNE
Miten Sisko kohtelee sinua?

JONATAN
Välillä hän hermostuu, välillä hän
on omassa huoneessaan.

JANNE
Jassoo.

JONATAN
Mikset jäänyt Helsinkiin meidän luokse?
Miksi sinun täytyi lähteä maailmaa kiertämään?

JANNE
Aate kutsui. Mutta käynhän minä
täällä silloin tällöin. Minä rakastan teitä kaikkia.
Mutta veri vetää etelään.

JONATAN
Tiedätkö milloin tulet seuraavan
kerran pitemmäksi aikaa?

JANNE
Ehkä sitten alle vuoden päästä.

JONATAN
Olen ajatellut tulla näyttelijäksi.
Minulla on suuria suunnitelmia.

JANNE
Sinusta voi tulla vielä suuri.

JONATAN
Parhaani yritän sen eteen tehdä.

JANNE
Mä uskon että sinusta tulee vielä suuri.

JONATAN
Kiitos.

JANNE
En ole hirveästi käynyt Suomessa viime aikoina.

JONATAN
Niin.

JANNE
Mutta täytyy käydä vähän enemmän. Nähdä teitä.

JONATAN
Niin, me kaipaamme sinua tänne.

JANNE
Muista syödä terveellisesti ja pitää itses miehenä.

JONATAN
En minä ole vielä sinun kaltaisesi mies.

JANNE
Sinusta tulee sellainen, tiedän sen.

JONATAN
Kiitos.

He pysähtyvät.

JANNE (koskettavan viattomasti)
Hei. Hei sinä.

Janne halaa Jonatania yhdellä kädellään. Kamera
kuvaa heitä kauempana.

INT. DISKO. ILTA

Koko koulun porukka on diskossa.
Taustalla soi Gazebon I Like Chopin.

ANNAN ÄÄNI
Pian saapui vuosi 1983. Ja
koulubileet alkoivat
ensimmäistä kertaa vuosikerralle
ala-asteen liikuntasalissa.
Talvi oli kulunut ala-asteen pihalla

lähinnä vuorenvalloituksessa
ja lumisodissa mutta nyt Jonatan
halusi tutustua tarkemmin Jenniin.

Jenni seisoo nurkassa poikaystävänsä
kanssa, Tomin, Akin ja Jonatanin seisoessa toisessa
nurkassa katsoen heitä.

JONATAN
Mitä hän tekee tuon kiusaajan kanssa?

AKI
Sä ansaitsisit hänet.

TOMI
Tai sitten hän ei ansaitse sua.

AKI
Niin.

JONATAN
Lähdetään pois täältä.

EXT. TALON KATTO. YÖ.

Jonatan, Aki ja Tomi makaavat Jonatanin perheen
asunnon tiilikatolla katsoen tähtitaivasta.

ANNAN ÄÄNI
Joskus kesäiltoina he makasivat
tiilikatoilla tuijottamassa
tähtitaivasta, sateen aikana taas
kietoutuivat kodin suojiin
katsomaan Monty Pythonin lentävää
sirkusta. Aikuisina he edelleen kierrättäisivät eri
komediasarjojen repliikkejä puhuessaan
toisilleen. He eivät harrastaneet joukkuetasolla

urheilua mutta kolmikko asui lähellä toisiaan joten iltapäivisin he järjestivät pihapelejä, jalkapalloa, pesäpalloa ja pihalätkää (jota he pelasivat nuuskapurkeilla), välillä käyden toistensa asunnoissa kuuntelemassa musiikkia ja radiota.

ANNAN ÄÄNI
Sitten ala-aste loppui. He lauloivat Auld Lang Synen ja Suvivirren yhdessä. Jonatan muistaisi tuon kappaleen tarkasti.

Auld Lang Syne soi oppilaista koostuvan kuoron laulamana. Jonatan ajattelee Englannin kukkuloita jotka vanhentuneessa videokuvassa näkyvät ruudulla. Kohtaus kestää minuutin.

INT – LAPSUUDENKODIN YLÄKERRAN HUONE. AAMU.

Juha Vainion Kotkan poikii ilman siipii soi taustalla. Jonatan makaa sängyllään kuuntelemassa sitä.

ANNAN ÄÄNI
Vuosi 1984. Alkoi ylä-aste. Siellä Jonatan tunsi itsensä rumaksi ankanpoikaseksi. Hän oli lihonut ja hän oli myös naisellinen, heikko, heiveröisen ryhdin omaava poika joka halusi pois lihavuudestaan ja yksinäisyydestään. Hän alkoi pakkomielteisesti lukemaan Stanislavskin kirjoja näyttelemisestä ja keräilemään kuvia Marlon Brandosta, Paul Newmanista ja James Deanista. Hän alkoi myös näyttelemään kotona, samalla kun Viettelysten vaunun Stanley Kowalski hurmasi elokuvassa Stellan ja Blanchen, esitti hän huoneessaan leikisti Stanley'tä. Tätä tapahtui viikottain, niin Kummisedän, Vertigon kuin Chinatownin päähenkilöiden osalta.

LAPSUUDENKODIN KYLPYHUONE. AAMU

Jonatan katsoo peilistä omaa kuvaansa ja virnistää.
Sitten hän laittaa partavettä kaulalleen.

INT – ÄIDINKIELEN LUOKKA. PÄIVÄ

ANNAN ÄÄNI
Äidinkielen tunnilla piti kirjoittaa esitelmä
jostain kulttuurisesta ilmiöstä ja esittää se luokan
edessä. Jonatan alkoi rustaamaan esitelmää Marlon
Brandosta ja Viettelysten vaunusta. Samaan aikaan
kun hän puhui ujostellen luokan edessä, kaksi
oppilaista nauroivat hiljaa.

JONATAN
Marlon Brando nousi 1950-luvulla yhdeksi
aikakautensa merkittävimmiksi näytteljöiksi. Hän
popularisoi Konstantin Stanislavskin luoman
metodinäyttelemisen tekniikan ja Viettelysten
vaunu oli hänen läpimurtonsa josta hän sai Oscar-
ehdokkuuden...

OPPILAS
Miksi päätit tehdä esitelmän Marlon Brandosta?

JONATAN
Siksi että unelmoin näyttelijänurasta.

OPPILAS
Ehkä olet lähempänä Brandon
nykyistä ulkomuotoa.

Luokka puhkesi nauramaan.

ANNAN ÄÄNI
Tämä oli häpeällinen hetki Jonatanille joka ei
kuitenkaan paennut luokasta vaan meni istumaan.

INT. LIIKUNTASALI.

Langanlaiha, tummatukkainen Hilla nousee
liikuntasalin lavalle.

ANNAN ÄÄNI
Jonatan tutustui Hilla Holmaan ylä-asteen
viimeisellä luokalla. Hilla soitti kitaraa koulun bändissä
ja Jonatan ihastui hänen musiikkiinsa.

JONATAN
Hei, pojat. Kuka tuo on?

TOMI
Se on Hilla Holma. 15-vuotias muusikko.

AKI
Hänestä tulee varmaan jotain suurta.

HILLA
Kuunnelkaa kaikki. Tämä on viimeisin
sävellykseni, sen nimi on Kallion kadut.

Hilla alkaa soittamaan kitaralla
Kallion kadut-kappaletta.

AKI
Aikamoinen nainen.

TOMI
Hän on aikamoinen.

JONATAN
Tulevaisuuden tähti.

Hilla lopettaa soittamisen. Yleisö taputtaa.
Hilla menee parin ystävänsä luo juttelemaan.
Jonatan, Tomi ja Aki seuraavat häntä.

JONATAN
Hei, olen Jonatan, rakastin soittoasi.

HILLA
Ah, hei Jonatan.

JONATAN
Tässä ovat minun ystäväni Tomi ja Aki.

HILLA
Hei teillekin.

JONATAN
Tota noin. Mentäiskö johonkin tästä?

HILLA
Mennään vaan kaikki. Tutustutaan toisiimme.

INT. METRO. HELSINKI.

Hillalla on kädet lentämisasennossa ja hän pyörii
keskellä metroa. Jonatan, Tomi ja Aki katsovat häntä
rauhallisesti ja ujosti.

HILLA
Kertokaa mulle pojat. Mitä mieltä olette musta?

JONATAN
Olet mielestäni ihana tyttö.

TOMI
Niin, ihana ja mukava.

AKI
Arvostamme sinua.

HILLA
Ja te olette viattomia poikia. Arvostan teitä.
Ei ikinä jätetä toisiamme.

TOMI
Olet todella ihana ja mukava nainen.
Olen ihan vallan ihastunut sinuun.

HILLA
Ei noin saa sanoa.

TOMI
Olenhan minä.

AKI
Millaisiakohan meistä kaikista
kasvaa isompana?

HILLA
Karismaattisen nälkäisiä.

TOMI
Sitä sopii odottaa. En tosin usko
itse olevani tarpeeksi lahjakas.

HILLA
No kaikki me tästä elämästä jotain saamme.

Hilla lähtee uudestaan pyörimään metrossa
poikien jäädessä istumaan.

EXT. KRUUNUNHAKA. PÄIVÄ.

Annan rakennus näkyy kuvassa.

INT. ANNAN ASUNTO.

Anna Hellström päätti tarinansa.

ANNA
And that was the end of that.
(suom. Ja se oli sen tarinan loppu.)

PAUL
Can you give me more information about Jonatan?
(suom. Voitko antaa enemmän tietoa Jonatanista?)

ANNA
No I can't.
(suom. En voi.)

PAUL
Could you show me information about Hilla Holma?
(suom. Voitko näyttää minulle tietoa Hilla Holmasta?)

Anna antaa Paulille Hillasta kertovan
sanomalehtiartikkelin.

ANNA
There is some articles about her on the internet and in
old magazines if you want to know more about him.
(suom. Hänestä on olemassa joitakin artikkeleita
internetissä ja vanhoissa lehdissä jos haluat tietää
enemmän hänestä)

INT. HOTELLIHUONE. ILTA

Paul lukee Hillasta kertovaa sanomalehtiartikkelia. Hän huomaa lehdessä kaksi muuta naista nimeltään Hanna Sofia Parkkonen ja Maria Lindroos. Kameran kuva pysähtyy heidän nimiinsä. Pelonsekainen musiikki soi taustalla.

INT. TOMIN ASUNTO. 2024.

Tomi Ilonen on harmaahiuksinen, hänellä on kaljuuntuva pälvi päälaellaan ja hän puhuu asiallisesti ja rauhallisesti.

PAUL
I want to ask you about Jonatan. How well did you know him in his later years?
(suom. Haluan kysyä sinulta Jonatanista. Kuinka hyvin tunsit hänet hänen loppuvuosinaan?)

TOMI
Not quite well. But I know a lot about his life.
(suom. En kovin hyvin. Mutta tiedän paljon hänen elämästään)

PAUL
What do you know about Hilla?
(suom. Mitä tiedät Hillasta?)

TOMI
Very much. Jonatan had two other female friends.
(suom. Aika paljon. Jonatanilla oli kaksi muuta naisystävää)

Tomi näyttää Paulille kahta lehtiartikkelia sekä Maria Lindroosista ja Hanna Sofiasta. Marialla on mustat hiukset ja punaiset huulet, Hanna Sofialla on punaiset hiukset ja mustat huulet.

                            TOMI
           Maria Lindroos and Hanna Sofia Parkkonen.

                            PAUL
                          I know.
                       (suom. Tiedän)

           Paul kirjoittaa naisten nimet ylös.

                            TOMI
        I remember the year 1998. It was our golden age.
       (suom. Muistan vuoden 1998. Se oli kulta-aikaamme)

                            PAUL
            Can you tell me what happened then?
         (suom. Voitko kertoa mitä tapahtui silloin?)

                            TOMI
                           Sure.

                EXT – KAMPIN KADUT. ILTA

        Marian käymän koulun luokka kokoontuu yhteiseen
         kuvaan lukion pihalla. Seinällä on kuva lukion
       jokaisesta oppilaasta koulun pihalla. Livin' on a Prayer
                       soi taustalla.

                       TOMIN ÄÄNI
       Oli kevät. Elävä ja nuorekas ajanjakso Helsingissä oli
      alkanut. Suomi eli teknologisessa murroksessa ja koko
           Helsinki, sen kuhiseva ihmisparvi oli valmis
                      verkostoitumaan.

       Jonatan, Tomi, Aki kävelevät Marian kanssa Helsingin
         katuja. Kuva on vanhentunut kuvamaan 1990-lukua.
        He lähtevät rock-klubiin viettämään aikaa. Samalla

Sisko ja Hilla kävelevät kohti toista kuhisevaa rock-klubia.

INT. ROCK-KLUBI. ILTA

Rock-klubista näkyy 1990-luvun mainostauko televisiosta ja Jokerien jääkiekko-ottelu. Livin' on a Prayer soi edelleen taustalla.

JONATAN
Hei Maria.

MARIA
Hei Jonatan. Ahaa, Aki ja Tomikin ovat täällä.

JONATAN
Tietenkin.

INT. TOINEN ROCK-KLUBI. ILTA

Sinä lähdit pois soi taustalla. Televisiosta tulee 1990-luvun mainoksia. Hilla ja Sisko vaikuttavat tylsistyneiltä.

HILLA
Lähdetäänkö Jonatanin ja sen kavereiden luokse?

SISKO
Sopii. Täällä on aika tylsää.

INT. ROCK-KLUBI. ILTA

HILLA
Moi Jonatan ja kaikki.

TOMI
Moi Hilla ja Sisko.

JONATAN
Mä voin tarjota juomat.

Jonatan menee tilaamaan drinkin. Muut alkavat
katsomaan keikkaa jossa tuntematon rock-yhtye
soittaa.

HILLA
Mikä on tämän päivän teema?

TOMI
Me aiomme nauttia tästä
seksikkäästä tunnelmasta.

SISKO
Koko kaupunki on kuin orgasmin vallassa.

HILLA
Kunpa nämä ajat eivät ikinä loppuisi.

SISKO
Kaikki hyvä loppuu aikanaan.

TOMI
Sinusta tuli siis kirjailija, Aki?

AKI
Niin tuli. Mikä sinusta tuli, Tomi?

TOMI
Ei mitään vielä.

AKI
No aika näyttää.

Porukka kolistelee lasejaan yhteen ja alkaa juomaan.

Livin' on a Prayer palaa soimaan taustalle.

EXT. SAIRAALA. AAMU

Helsingin keskussairaala näkyy kuvassa ulkoapäin.

INT. SAIRAALA. AAMU

Aamulla Hilla kulkeee sairaalaan saadakseen tietoa terveydentilastaan. Odotushuoneessa häntä jännittää. Pian lääkäri kutsuu hänet huoneeseen. Lääkärin kasvoilta hän huomaa kireyden ja pettymyksen ilmeen.

TOMIN ÄÄNI
Kuukausi taaksepäin Hilla oli oksentanut verta. Hän meni sairaalaan kuullakseen lisää tietoa terveydentilastaan.

LÄÄKÄRI
Teillä on pahanlaatuinen kasvain aivoissa.

HILLA
Kertokaa tarkemmin. Kauanko minulla on elinaikaa?

Lääkäri katsoo Hillaa apeana ja silmäilee potilaskansiota.

LÄÄKÄRI
Sinulla on elinaikaa vuodesta kahteen vuoteen.

EXT. SORNÄISTEN PYSÄKKI. ILTA

TOMIN ÄÄNI
Sörnäisten metropysäkin lasiseinään nojautuvan Hillan käsivarsien lihakset ja tatuoinnit liikkuvat samalla kun hän polttaa tupakkaa kitarakassi

vierellään. Jonatan kävelee parin korttelin päässä
päätyen lopulta hänen eteensä. Maassa on
rikkoutuneita olutpulloja ja verta.

TOMIN ÄÄNI (c'ntinued)
He puhuivat toisilleen tavalla joka oli
runollinen ja hullu, ikään kuin kauniin poissaoleva
tapa puhua joka valmistaisi heidät
illan suureen seikkailuun. Runollisella tavalla he
molemmat olivat ikään kuin hukassa, hunningolla
nauttien molemmat toistensa maagisen
juopuneisuuden eroottisesta voimasta.

HILLA
Hei. Miten pyörii?

JONATAN
Hyvä meisinki.

HILLA
Mulla on vähän ongelmia ollut terveyden kanssa.

JONATAN
Mulla ei.

HILLA
Lääkäri sanoi mulle sitä ja tätä. Pitäisi liikkua vaikka
mä liikun. Mä oon liikkunut koko elämäni ajan.

JONATAN
Ei kannata uskoa sanoihin.

HILLA
Mulla on unelmana toi kommuuniin muutto.

JONATAN
Mullakin on unelmia mutta koskien näyttelijänuraani.

HILLA
Kaksi kohtalokasta sielua.

He astuvat raitiovaunuun.

                              CUT TO:

INT. RAITIOVAUNU. ILTA

HILLA
Hei, onks sulla heittää tupakkaa?

MATKUSTAJA
Ei ole, mene pois.

HILLA
Et sä saa puhua mulle noin.

JONATAN
Tässä, minulla on.

Jonatan antaa Hillalle tupakan.
Hilla alkaa hyräilemään laulua.

HILLA
Tää ratikka haisee kuselle.

JONATAN
Ei se mitään.

EXT. URHO KEKKOSEN KATU. ILTA

He suuntaavat kohti Tavastiaa Hillan keikkaa
katsomaan.

INT – TAVASTIA. ILTA

Jonatan tilaa kaljatuopin. Hän katsoo kyllästyneenä ympärillä olevia ihmisiä jotka ovat kauniita, nuorekkaita ja elinvoimaisia. Keikan alkaessa Hillan alkaa laulamaan kovalla, raa'alla äänellään ja orkesterin sointi oli korvia huumaavan magneettista. Pian Tomi taputtaa Jonatania selkään ja tervehti häntä omalla hiljaisella äänellään. He puhuvat toisilleen painottaen lauseitaan johtuen klubinmelusta. Pian Tomi kutsuu Jonatanin alakerran vessaan puhumaan privaatisti.

CUT TO:

INT. RAPPUSET

He kävelevät alas rappusia samalla kun Hilla laulaa raadollisesti ja aggressiivisesti lavalla. Alakerrassa on musta vessa täynnä räikeitä seinäkirjoituksia ja poliittisista tapahtumista muistuttavia tarroja. Tomi on asiallinen ja totinen Jonatanin ollessa innostunut ja euforinen.

CUT TO:

INT. ALAKERRAN VESSA.

JONATAN
Oletko vielä saanut töitä?

TOMI
Ei, olen yhä vailla töitä, elän aika syrjäistä elämää.

JONATAN
No ehkä aika näyttää toisin.

TOMI

Niinpä. Tota, minun täytyy sanoa että elämäni on aika tylsää nyt, tota välillä on huonompia päiviä ja välillä parempia.

JONATAN
Kirjoitatko yhä kirjeitä naisten kanssa?

TOMI
Kirjoitan ja se on niin aitoa, tai siis,
ihan kuin ennen vanhaan.

Jonatan katsoo rentoutuneena Tomia.

JONATAN
Aivan. Kiinnostaako sinua muuten bileet Hillan luona?

TOMI
Se olisi mahtavaa. Tota, muuten, mitä Hillalle kuuluu?

JONATAN
Ihan hyvää, otaksun.

TOMI
No se on hyvä se.

JONATAN
Miksi kysyit?

TOMI
Tota, ei muuta kuin sitä että taidan olla, tota, ihastunut häneen. Mutta hänellä on kai joku toinen, eikö niin?

JONATAN
Hänellä on poikaystävä.

TOMI
Aivan. Tota, en halua tungetella mutta haluan

kysyä häneltä silti pitääkö hän minusta.

Tomi vaikutti innostuneelta yllättäen. Jonatan taas
vakavoitui entisestään.

JONATAN
Et kai ole vakavissasi?

Tomi katsoi Jonatania hämmentyneenä.

TOMI
Tota, mitä tarkoitat?

Jonatan tuijotti häntä kattolampun valon pilkahtaessa
heidän kasvoilleen. Jonatanin kulmakarvat olivat
kurttuisia ja hän katsoi Tomia hämmentyneesti ja
ihmettelevästi. Tomi tuijotti häntä takaisin, omilla
intohimoisilla, sykkivillä silmillään.

JONATAN
Hilla on ystäväni, en halua että
teet mitään hänen suhteen.

TOMI
Eikö minulla ole oikeutta lähestyä häntä?
Onhan hän minunkin ystäväni.

He tuijottivat toisiaan taas hetken.
Tomin silmät olivat himokkaat ja halukkaat.

JONATAN
Onhan sinulla oikeus mutta mieti
mikä voi mennä pieleen.
Saatat sairastua jos petyt ja romahdat.
Hän on hyvin aggressiivinen nainen.

TOMI
Tota, haluan rakastella häntä.
Joskus fantasioin hänestä ja
olen katsonut häntä sillä silmällä
monet vuodet. Rakastan häntä.

JONATAN
Niin mutta meressä riittää kaloja.

TOMI
Tota, tiedän, mutta en saa häntä mielestäni.

JONATAN
Tiedät mitä tehdä. Jos olisin sinä, en tekisi mitään.

TOMI
Mä vaan mietin häntä, ajattelen häntä.
En saa häntä mielestäni.
En tiedä miten saan hänet mielestäni.
Miten saisin hänet mielestäni?

JONATAN
Mitenköhän neuvoisin sinua tässä asiassa?

TOMI
Neuvoisit varmaan lakkaamaan ajattelemasta häntä
ja ajattelemaan seuraavaa naista.

JONATAN (pettyneenä)
Niin, toki.

TOMI
Sano jotain.

JONATAN (apeana)
No, sun täytyy lakata ajattelemasta häntä.

TOMI
Okei.

JONATAN
Ihan oikeasti. Sinun täytyy.

TOMI
Okei.

Jonatan palaa yläkertaan tuoppinsa äärelle ja
kuuntelee keikkaa hiljaisen kunnioittavasti. Hilla
laulaa kovaan ääneen, tatuoitujen käsivarsien
näyttäessä kuin joltakin oudolta, mustalta käärmeeltä
ja yhtye on kuin nautinnollisessa flow-tilassa.

EXT – LINNANMÄEN HUVIPUISTO. PÄIVÄ

TOMIN ÄÄNI
Kesällä oli taas Marian vuoro loistaa.
Hän esiintyisi
Linnanmäen huvipuistossa, esittäen lauluja jotka olivat
viattomia verrattuna hänen syvällisempiin lauluihin.
Hän täyttäisi pian 17 vuotta.

Huppupäinen Maria laulaa karismaattisesti omaa
kappalettaan huvipuiston lavalla. Jonatan, Tomi, Aki ja
Hilla ovat yleisössä hymyillen hänelle lohdullisesti.
Huvipuistossa oleva manageri
huomaa Marian taidot.

MANAGERI
Kuka helvetti hän on?

MANAGERIN KUMPPANI
Hän on Maria Lindroos.

MANAGERI
Pidän hänen laulamisestaan.

TOMIN ÄÄNI
Maria sai levytyssopimuksen. Mutta pian hän
kuitenkin sairastui ja joutui mielisairaalaan. Häntä oli
kiusattu koulussa niin paljon eivätkä Jonatan
ja muut hänen ystävänsä
tienneet tästä mitään.

INT. AUTO. ILTA

Maria on isän autossa matkalla mielisairaalaan.
Hän on shokissa kuin ei olisi yhteydessä
ulkomaailmaan.

ISÄ
Hei, Maria, kaikki järjestyy kyllä.

MARIA
En...en tiedä järjestyykö.

ISÄ
Ota iisisti. Olet jo lähellä tähteyttä.

MARIA
En tiedä selviänkö.

ISÄ
Selviät kyllä.

INT. MIELISAIRAALAN TUPAKKAKOPPI.
MYÖHÄISILTA

Tupakkakoppi humisee hiljaa. Tunnelma on vakava ja
kauhistunut. Maria puhuu siellä kahden
määrätietoisen aikuisen naisen kanssa. Naiset ovat

samoja kuin Jonatanin lapsuuden unesta,
kravattipukuisia naisia joilla on hatut päällään. Naiset
puhuvat käheällä äänellä.

MARIA
Löysin tupakkakopille.

NAINEN 1 (hymyillen)
Onneks olkoon.

MARIA
Mitäs teille kuuluu?

NAINEN 1
Ihan hyvää.

MARIA
Keitä te olette?

NAINEN 2
Me olemme vahvoja naisia.

NAINEN 1
Molemmat.

MARIA
Ai, niitähän tapaa aina.

NAINEN 2
Mitä pidät sairaalasta?

MARIA
En pidä ollenkaan. Mitäs te?

NAINEN 2
Me seuraamme täällä asioita, yhdessä.

NAINEN 1
Me olemme nähneet täällä kosmisia asioita.

MARIA
Kosmisia asioita?

NAINEN 1
Niin.

NAINEN 2
Täällä voi jotkut ihmiset joutua
tekemään itsemurhan.
Tämä on niin rankka paikka. Täällä tiedetään
kaikki sinun mielestäsi.

NAINEN 1
Se on rankinta.

MARIA
Millaisia kosmisia asioita?

NAINEN 2
Täällä voi tavata koulukavereita ja sukulaisia
eri ihmisten hahmoissa. Ja kummituksia.

MARIA
Entä jos ne ovat pelkkää harhaa?

NAINEN 2
Eivät ne ole. Eivät ne ole.

NAINEN 1
Älä puhu liikaa täällä, älä paljasta
täällä liikaa itsestäsi.

NAINEN 2
Täällä voidaan tuhota ihminen totaalisesti.

MARIA
Voi helvetti.

NAINEN 2
Mutta jotkut pääsevät täältä pois. Niinkuin pois
omasta mielestään, myöhemmin.

MARIA
Okei.

NAINEN 1
Mutta sinä et pääse pois, en usko siihen.

MARIA
Mitä tarkoitat?

NAINEN 2
Olet niin nuori ja naiivi. Kokematon niin monessa
asiassa.

MARIA
Se on totta. Mutta mussa on paljon muutakin.

NAINEN 1
Varo mitä sanot.

MARIA
Miksi teidän täytyy olla noin varoittavia. Tuntuu kuin
koko Suomi vallitsisi pelon valtakunnassa.

NAINEN 2
Me vain neuvomme sinua, teitä kaikkia.

MARIA
Mikseivät kaikki voi vain elää viattomasti ja nauraa?
Miksi kaiken täytyy olla joko julmaa tai varoittavaa?
Ja miksi he jotka elävät ovat vallan ytimessä,
elävät jotenkin julmasti?

NAINEN 2
Maailma on julma paikka. Olet sekaantumassa
johonkin julmaan, jollet pidä varaasi.

NAINEN 1
Mekin tiedämme sinun mielesi aika hyvin.

MARIA
Mistä te sen tiedätte?

NAINEN 2
Koska olemme hyviä ihmistuntijoita. Tietenkin tämä
neuroottinen ilmapiiri vaikuttaa asioihin.

NAINEN 1
Niinpä.

NAINEN 2
Tänne on kuollut ihmisiä, täällä on koettu paljon
tragediaa. Täällä on koettu paljon kaikkea.

NAINEN 1
Täällä on nyky-Suomen tabut, vaietut asiat.
Iho jota on raiskattu pilkallisilla sanoilla.

MARIA
Mitä te haluatte musta?

NAINEN 1
Haluamme vain että käyttäydyt kunnolla, pysyt
rohkeana.

MARIA
Kiitos, tuo oli hieno kuulla.

Maria lähtee tupakkakopista ulos kahden naisen
jäädessä sinne.

EXT – KAMPPI. ILTA

INT – KAMPIN OSTOSKESKUS. ILTA

Jonatan ja Hilla kulkevat käsikkäin ostoskeskuksessa.

TOMIN ÄÄNI
Sitten oli Hilla joka kulki Jonatanin kanssa pitkin
Kampin ostoskeskuksen kauppoja. Hän halusi kertoa
Jonatanille sairastavansa syöpää muttei kuitenkaan
uskaltanut avata suutaan. Hänellä oli jatkuvasti uusia
puheenaiheita mielessään, erilaisia puheenaiheita
joista vain muutaman hän valitsi kerrottavaksi
Jonatanille. Jonatan näytti tuimalta ja totiselta,
karismaattisen jäyhältä, Hillan liimautuessa häneen
kiinni ja pitäen häntä välillä kädestä. Jonatan poisti
hienovaraisesti Hillan otteen hänen kädestään
kävellessään mustassa neuletakissaan. Hillan silmät
olivat haikeat, hänen kulmakarvansa nousivat välillä
otsaa kohti ja hän räpytteli silmiään paljon.

JONATAN
Onko sinulla kaikki hyvin?

HILLA
Minulla on kaikki hyvin.

JONATAN
Ai.

HILLA
Näytät karismaattiselta.

JONATAN
Ai.

HILLA
(lapsekkaasti)
Mennään tuonne.

JONATAN
Okei.

HILLA
Muistatko kun tapasit minut
ensimmäisen kerran?

JONATAN
Muistan.

HILLA
Mitä ajattelit silloin?

JONATAN
Ajattelin että onpas ihana nuori nainen.
Pidin myös kappaleestasi.

HILLA
Kuljetaan tuonne.

He vaihtavat suuntaa.

JONATAN
Onko sinulla oikeasti kaikki hyvin?

HILLA
On. Mutten kerro kaikkea.

Pieni tauko.

HILLA
Mitä sun seksielämääsi kuuluu?

JONATAN
En kerro.

HILLA
Ei tarvitse kertoa.

JONATAN
Minulla on omat suunnitelmani.

HILLA
Haluat kai tietää miten voin?

JONATAN
Joo.

HILLA
Olen niin pelokas ja epävarma juuri nyt.

JONATAN
Ei ole syytä olla, olet lahjakas kiehtova nainen.

HILLA
Nää ongelmat vaan painaa mua, aina löytää minut
jostain.

JONATAN
Sellaista se on kaikille.

HILLA
Tiedän.

JONATAN
Pidä huolta itsestäsi.

HILLA
Okei.

EXT – BODOM-JÄRVI. ILTA.

Bodom-järven maisema näkyy katsojalle monesta
kulmasta.

Hilla, Jonatan, Tomi ja Aki, Maria ja Hanna Sofia
ovat yhdessä Bodom-järvellä viettämässä kesäiltaa.
He istuvat yhdessä nuotion äärellä. Marialla on huppu
pään päällä, häntä on vaikea tunnistaa.

TOMIN ÄÄNI
Me jäimme kaipaamaan vuotta 1998.
Sen vuoden sanomalehden viimeisen sivun
ohjelmatarjonta olisi sen ajan sukupolvelle ja
jälkimmäisille sukupolville myöhemmin kuin vieras,
outo maa. Mitä kaikkea vanhoihin VHS-nauhoihin
sisältyikään, kuin mielen pölyinen, nostalginen osa,
vanhentunut kuva, jossain romanttisessa, eksoottisen
elävässä
suomalaisen televisiohistorian valtakunnassa,
mainosten esittäessäomaa idyllistä ajankuvaansa.
Muistan MTV-televisiokanavan aiheuttamat kaihoisat
tuntemukset sekä Power Rangersit ja muut televisio-
ohjelmat, niin lastenohjelmat kuin draamatkin, jotka
sinä aikana tuntuivat niin unohtumattomilta ja
elinvoimaisilta kuin olisi iskenyt hampaansa johonkin
ajan erikoiseen appelsiinin tai omenan kohtaan mistä
ei olisi halunnut luopua. Se oli myös pihapelien ja

yhteisöllisen lapsuuden viimeisiä aikoja, ennen älypuhelimia ja internetin kieroutunutta ja monimutkaista, vähäpätöisten kommenttien sävyttävää maailmaa. Videopelit olivat yksinkertaisia, pop-kulttuuri idyllisempi, valokuvat painettuja, eivätkä digitaalisia, maailma oli enemmän hioutunut yhteen, ennen aikakautta jolloin ihmiset ja ilmiöt olisivat sirpaleisen maailman paloissa etsimässä onneaan. Joillekin harvoille vuosikymmenen videopelien kömpelyys ja lapsellisen huono grafiikan laatu olivat aina eksoottisempaa ja jännittävämpää kuin uudet, superlaadukkaat versiot samoista peleistä, toisaalta kaikki ihmiset olivat sitä mieltä ettei asialla kuitenkaan ollut loppupeleissä kovin paljon suurempaa merkitystä. Jonatan säilytti elokuvaliput, kuitit, valokuvat sekä lehdet ja mainoslehtiset kyseiseltä vuodelta sillä vuosi oli hänelle erityisen rakas ja myös erityisen nostalginen.

MARIA
Mitä luulette?
Mihin me vielä tästä päädytään?

JONATAN
Minä päädyn Hollywoodiin.
Haluan asua Los Angelesissa.

TOMI
Minä päädyn kai
köyhäksi erakoksi.
Ellen sitten saa taiteellisia
lahjojani esiin jossain muodossa.

MARIA
Minä päädyn lavoille esiintymään.

He istuvat hiljaa kuunnellen nuotiotulen palamista.

HANNA
Haluan laulaa baareissa ja tapahtumissa.

HILLA
Minun kauttani pääset niihin. Minulla on suhteita.

HANNA
Hienoa.

JONATAN
Lähdetään laiturille.

Koko poppoo lähtee laiturille katsomaan maisemaa.
Jonatan pitää Hannaa Sofiaa kädestä.

JONATAN
Oletko ajatellut levyttää?

HANNA
En vielä. Mutta tunnen miehen jolla on levytysstudio.

TOMI
Onnea. Ansaitset levyttää vaikka mitä.

AKI
Minä ja Tomi olemme vain musiikin passiivisia
kuuntelijoita.

HANNA
Niin, mutta ei ole vielä levytyksen aika.

EXT. METSÄ. ILTA

Hilla kantaa pölkkyjä tupaan.

INT. TUPA. ILTA

Hilla katsoo tuvasta television mainoksia.

HILLA
Hei, tulkaa katsomaan jääkiekko-ottelua!

Jonatan, Maria, Hanna Sofia, Tomi ja Aki lähtevät
tupaan katsomaan jääkiekko-ottelua. Sisällä he
rentoutuvat puisille tuoleille ja alkavat katsomaan
ottelua.

JONATAN
Tänä yönä. Tänä yönä. Mitä tapahtuu?

TOMI
Mehän voimme kaikki alkaa pitämään
kunnon suuret orgiat.

AKI
En usko että naiset siihen suostuu.

JONATAN
Mutta tänä yönä, mitä me keksisimme?

AKI
Haluaisin tänä yönä vetää kunnon kännit ja tehdä
jotain yllättävää.

JONATAN
Yllättävää?

AKI
Niin, yllättävää.

MARIA
Ehkä me voisimme pelata hirsipuuta englanniksi.

AKI
Niin ehkä.

JONATAN
Ehkä me voisimme myös laulaa ja ilakoida.

AKI
Minun täytyy ainakin kirjoittaa. Minulla on jatkuvasti
uusia ideoita ja tämä paikka inspiroi minua.

JONATAN
Se on hyvä se.

MARIA
Minä taas haluaisin tänä yönä rakastella. Mutten
miehen kanssa.

JONATAN
Jotenkin arvasin että sanoisit noin.

HANNA
Mulla on sellainen tunne että näen unta tänä yönä.

MARIA
Ai.

TOMI
Minua taas pilkataan joka paikassa. On hienoa ja
tärkeätä se että saan olla nyt lempeässä seurassa.

JONATAN
Me olemme lempeitä, me olemme parhaita. Vastaan
julmaa maailmaa.

TOMI
Niin, ja kiitos siitä teille.

AKI
Kiitos myös itsellesi.

JONATAN
Me olemme lempeitä.

MARIA
Me olemme lempeitä.

HILLA
Me olemme lempeitä.

JONATAN
Vastaan julmaa, epäromanttista aikakautta.
Aikakausi josta tulee vielä epäromanttisempi.

EXT. LAITURI. YÖ.

Kuvaa laiturista yöllä.

INT. TUPA. YÖ

Hanna Sofia makaa yläpedillä. Seinällä on kirjoituksia
kaiverrettuna. Hän alkaa näkemään unta.

INT. YÖKERHO. YÖ

Unessa kaksi miestä saapuvat yökerhoon. He alkavat
keskustelemaan.

MIES 1
Tulee tapahtumaan kaksi outoa kuolemantapausta.

MIES 2
Niin, tapahtumaan.

MIES 1
Ihmiset alkavat keskustelemaan siitä. Siitä tulee
mysteeri.

MIES 2
Se ei ole vain vielä tapahtunut.

Toinen miehistä menee yökerhon vessaan.

MIES 2
Se tulee tapahtumaan, se ei ole vielä tapahtunut. Mä
tiedän sen.

Mies 2 tuijottaa vessan peiliä ja mystinen,
uhkaava musiikki kuuluu taustalla. Kameran
tuijottaessa hänen kasvojaan puoli minuuttia.

INT. MAKUUHUONE. YÖ.

Mies 1 on makuuhuoneessaan ja alkaa näkemään
unta jossa mies ja Hanna Sofia kävelevät käytävällä.

INT. KÄYTÄVÄ. YÖ.

Mies kulkee Hanna Sofian
kanssa pitkin käytävää.
He saapuvat kellariin jossa on
maskuliininen mies heitä odottamassa.

INT. KELLARI. YÖ.

MASKULIININEN MIES
Vihdoinkin te tulitte. Olin jo odottanut teitä.
No! Mikäs naista vaivaa?

HANNA
En halua kertoa.

MASKULIININEN MIES
Sinä kerrot tai itket ja kerrot.

HANNA
Haista vittu.

MIES
No ei hänen tarvitse kertoa. Mutta sanon tämän nyt.
Hän on kusessa, valtavassa kusessa.

HANNA
Mitä haluatte minusta? Päästäkää minut.

MIES
Ensin haluamme tietoja.

MASKULIININEN MIES
Miksi olit sairaalassa sellainen kuin olit?
Ja missä on naisystäväsi?

HANNA
En halua kertoa.

MIES (tuimana)
Kerrot.

HANNA
Me olemme herkkiä, me olemme herkkyyttä. Toisin
kuin te kaikki muut, te kaikki samanlaiset. Minä ja
Maria.

MIES
Saatanan huora.

HANNA
Minä olen itse herkkyys, te olette itse valta.

Hanna Sofia lähtee ulos kellarista.

MASKULIININEN MIES
Vaikka hän pääsi pois, niin hän ei tule ikinä
pääsemään vapauteen kahleistaan.

MIES
Niin, täällä hallitaan pelolla. Pelolla ja vallalla.

Hanna Sofia lähtee unessa nukkumaan asuntoonsa ja
näkee unta hänestä ja Tomista kävelemässä.

EXT. KADUT. KESKIPÄIVÄ.

Unessa viaton Tomi ja hellä Hanna Sofia kävelevät
kadulla yhdessä. Hanna on vahva ja rauhallinen, Tomi
taas heikko ja valittava.

TOMI
Minua hävettää,
olen liian heikko tähän maailmaan.

HANNA
Miten niin?

TOMI
En osaa mitään.

HANNA
Ei tuo ole totta.

TOMI
En pääse vapaaksi mieleni kahleista.

HANNA
Sun täytyy ymmärtää mikä sinua risoo,

katso sydämeesi.

TOMI
Mutta miten?

HANNA
Käännä se vain rakkaudeksi.

TOMI
Sinäkin haluat olla vain minun ystävä.

HANNA (hellästi lohduttaen)
Sellaisia me naiset olemme, helliä ystävillemme,
mutta valitsemme oikeat miehet kumppaneiksemme.

TOMI
Niin, ymmärrän sen. Sen ymmärrän.

HANNA
Hei mutta kaikki kääntyy paremmaksi.

TOMI
Enpä tiedä tuosta.

HANNA
Oletpa sinä suloinen.

TOMI
Niinpä niin.

HANNA
Minä kaipaan sinua. Koin jotain
inhottavaa vähän aika sitten.

TOMI
Mitä sellaista?

HANNA
En halua kertoa.

TOMI
Mikset?

HANNA
Koska pidän sinusta.
Enkä halua masentaa sinua.

TOMI
Okei.

HANNA
Sinä olet liian viaton minun painajaisiini.
Ja painajaistahan se oli se kaikki.

EXT. BODOMIN LAITURI. AAMU

Auringonnousu näkyy laiturilta. Herättyään Hanna
Sofia kävelee kylpytakkinsa ja kahvikuppinsa kera
kohti laituria rauhallisena.

TOMIN ÄÄNI
Marialla ja Hanna Sofialla oli romanssi
joka alkoi Ruotsinlaivalla. He polttivat tupakkaa
kannella ja rakastuivat sitten.

EXT. RUOTSIN LAIVAN KANSI. PÄIVÄ

Maria ja Hanna Sofia ovat kannella polttamassa
tupakkaa. Movetronin Romeo ja Julia soi taustalla.
Hanna Sofia on vahva, Marian ollessa heikompi.

HANNA
Hei, Mari. Mitä ihailet minussa eniten?

MARIA
Vahvuuttasi.

MARIA (c'ntinued)
Mitä ihailet minussa eniten?

HANNA
Nuoruuttasi.

HANNA (c'ntinued)
Anna toinen tupakka.

MARIA
Tää kahvi maistuu paskalle.

HANNA
Niin, täällä on aina samanlaista.

MARIA
Millaista?

HANNA
Aina samat kuviot.

MARIA
Kaipaatko Helsinkiin?

HANNA
Kyllä kaipaan.

MARIA
Mun täytyy nauhoittaa biisejä.

HANNA
Niin munkin.

MARIA
Tiedätkö Siskon?

HANNA
Tiedän.

MARIA
Hän on mukana Helsingin musiikkipiireissä. Hän on
ihana nainen, minunkaltaiselle lepakollekin. Anyways,
hän on aina auttamassa jos tarvitsemme suhteita.

HANNA
Päästäkseen eteenpäin.

MARIA
Menestyäksemme.

HANNA
Olen herkkä, mutta vahva ja mun avulla
voit päästä rikkauksiin.

Tauko.

MARIA
Mä pelkään jotain.

HANNA
Mitä sä pelkäät?

MARIA
Pelkään elämää, sen vaaroja.
Tai oikeastaan pelkään ihmisiä.

HANNA
Mä en taas pelkää mitään
tällä hetkellä.

MARIA
Negatiiviset tunteet,
häpeän tunteet ovat vittumaisia.

HANNA
Koska ne ovat totta. Koska se mitä pään sisällä on,
aineellistuu todellisuudessa.

MARIA
Ja ihmiset riistävät sen lopunkin
mitä sielussa on.

HANNA
Ja sielu tekee kuolemaa.

Maria koskettaa Hanna Sofian kättä.
Hanna Sofia hymyilee hänelle.

INT. YÖKERHO. YÖ

Hanna Sofia kävelee määrätietoisesti ja
vahvasti pitkin yökerhoa. Hän on levollisen
näköinen vahvalla tavalla. Hän päätyy
naisen kanssa samaan pöytään.
Kamera kuvaa heitä keskustelemassa.
Pian he alkavat suutelemaan.

He lähtevät kohti Hanna Sofian asuntoa.

INT. HOTELLIHUONE. YÖ

Paul makaa sängyllä sanellen nauhuriinsa.

PAUL
Dear tape recorder. I find myself to be obsessed
about Hilla, Maria and Hanna Sofia. This is because

they are so mysterious, such mysterious female figures.
Just like Femme fatales.

Paul laittaa pari roskaa roskakoriin ja menee
nukkumaan. Hän alkaa näkemään unta.

EXT. HAKANIEMEN MAISEMA. YÖ.

Mystinen, uhkaava musiikki soi koko unen aikana.

INT. KERROSTALON MAKUUHUONE.

Unessa Paul katsoo Jyrkin viimeinen lähetys-ohjelmaa
internetistä. Siinä juontajat keskustelevat ja hetken
päästä ohjelmassa näkyy musiikkivideoista koostuva
putki.

CUT TO:

EXT. SAARISTO. ILTA

Tuntemattomat hahmot keskustelevat saaristossa.

MIES 1
Have you thought of the name of the baby?
(suom. Oletko ajatellut vauvan nimeä?)

MIES 2
Yes, Newman.
(suom. Kyllä, Newman)

MIES 1
Newman?

MIES 2
Yes, you heard me correctly.
(suom. Kyllä, kuulit oikein)

MIES 1
Pay attention to the name I just mentioned.
It's possibly going to mean something later.
(suom. Kiinnitä huomiota nimeen jonka
juuri mainitsin. Se mahdollisesti
merkitsee jotain myöhemmin)

He katsovat meren pauhaamista saariston kalliolla.

MIES 1
It is lonely out here. Wonder how many
people we have seen dying.
(suom. Täällä on yksinäistä. Kuvittele
kuinka monta ihmistä olemme nähneet
täällä kuolevan)

MIES 2
Too many.
(suom. Liian monta)

MIES 1
And wonder how many people are still alive
who will die. Our dearest friends.
(suom. Ja mieti kuinka monta ihmistä
ovat vielä elossa jotka tulevat kuolemaan.
Rakkaimmat ystävämme)

MIES 2
There is a homicide happening somewhere.
Something mysterious is happening.
(suom. Jossain on tapahtumassa
henkirikos. Jotain salaperäistä
on tapahtumassa)

MIES 1
I know.
(suom. Tiedän)

MIES 2
This is going to be a painful year.
(suom. Tästä on tulossa kivulias vuosi)

MIES 1
Another painful year to humanity.
(suom. Taas yksi kivulias vuosi
ihmiskunnalle)

MIES 2
Humanity which is drowning in pain.
(suom. Ihmiskunta joka hukkuu kipuun)

MIES 1
Pain that is everywhere. Not love. But pain.
(suom. Kipua jota on kaikkialla. Ei rakkautta.
Vaan kipua)

Mies 2 lähtee poispäin toisesta miehestä
katsellakseen saariston maisemaa.

INT. HOTELLIHUONE. YÖ.

Paul tutkii unessa peiton alla älypuhelintaan huoneen
ollessa pilkkopimeä. Hän lukee siitä espanjankielisiä
uutisia.

EXT. KADUT. ILTA

Unessa Paul kävelee katuja. Yhtäkkiä hän huomaa
Hilla Holman tyhjässä yön kaupungissa.
Hän alkaa seuraamaan Hillaa. Hilla päätyy
bussipysäkille jossa Paul katsoo häntä takaapäin,
Hillan huomaamatta häntä.

INT. BUSSI. ILTA

He päätyvät samaan bussiin joka alkaa ajamaan yön
valtatietä. Hilla alkaa nukkumaan istuimellaan, Paulin
ollessa hänen takanaan ja Paulkin alkaa nukkumaan.

EXT. HUOLTOASEMAN PIHA. YÖ

Paulin unessa Jonatan ja Valtteri kävelevät
sateisena ja myrskyisenä yönä huoltoaseman
ulkopuolella.

INT. AUTO. YÖ

Ulkona ukostaa ja sataa kaatamalla. Valtteri ajaa autoa
Jonatanin ollessa pelkääjän paikalla.

VALTTERI
Hei Jonne.

JONATAN
Hei Vallu.

VALTTERI
Mikä sinua vaivaa?

JONATAN
Minulla on syöpä. Se on joko hyvänlaatuinen tai
pahanlaatuinen.

VALTTERI
Voi ei. Voi helvetti

JONATAN
Niin, tietenkin.

VALTTERI
No, toivotaan parasta ja pelätään pahinta.

JONATAN
Niin.

VALTTERI
Koska saat tietää?

JONATAN
Aika pian lääkärin pitäisi soittaa.

VALTTERI
Voi voi.

JONATAN
Laita musiikkia soimaan.

VALTTERI
Mitä haluat soitettavan?

JONATAN
Chris Rean The Road to Hell.

VALTTERI
Okei, se onkin menevä kappale.

Valtteri laittaa laulun soimaan.

JONATAN
Hyvältä kuulostaa.

VALTTERI
Hys, nyt hiljaa. Haluan
kuulla tämän.

JONATAN
Okei.

He ovat hiljaa Valtterin ajaessa. He katsovat ulospäin
myrskyistä yötä minuutin ajan.

Jonatan alkaa olemaan väsyneen näköinen.
Pian hänen kännykkänsä soi.

JONATAN
Jonatan puhelimessa. Ai. Okei. Okei.
Mitä se tarkoittaa? Hienoa kuulla!

Jonatan sulkee kännykkänsä.

VALTTERI
No mitä hän sanoi?

JONATAN
Se on hyvänlaatuinen.

INT. HOTELLIHUONE. KESKIYÖ.

Paul herää sängystään hikisenä.

PAUL
Jonatan is alive!
(suom. Jonatan on elossa!)

Paul alkaa lukemaan älypuhelintaan. Sinne on tullut
viesti Aki Ollilalta.

VIESTI
Dear Paul, I'm ready to meet you.
(suom. Hyvä Paul, olen valmis tapaamaan sinut)

INT. HELSINGIN METRO. AAMU.

Paul istuu metrossa mietteliäänä ja apeana. Hän lukee
musiikkilehteä jälleen kerran. Siinä on Hanna Sofian ja
Marian nimet. Taustalla soi mystistä pelottavaa
musiikkia. Kamera pysähtyy naisten nimiin ja kuviin.

INT. AKIN KERROSTALOASUNNON OVEN
ETEINEN. AAMU.

PAUL
Moi.

AKI
Moi.

INT. AKIN ASUNTO. AAMU.

Seinällä on kirjahyllyjä ja pöydillä on kirjoja.

PAUL

I am a writer too.
(suom. Olen kirjailija myös)

AKI
So you want to know about Jonatan, do you?
(suom. Joten haluat tietää Jonatanista, etkö niin?)

PAUL
Yes.
(suom. Kyllä)

AKI
Wanna joint?
(suom. Haluatko jointin?)

PAUL
You shouldn't smoke that.
(suom. Sinun ei pitäisi polttaa tuota)

AKI
But do you want one?
(suom. Mutta haluatko yhden?)

PAUL
No thanks.
(suom. Ei kiitos)

Aki nousee seisomaan ja kävelemään ympäri huonetta.

AKI
We were all movie people. I can tell you stories
about Jonatan, I know almost everything
about him before he left.
(suom. Me olimme kaikki elokuvaihmisiä. Voin

kertoa sinulle tarinoita Jonatanista. Tiedän hänestä
melkein kaiken ennen kuin hän lähti)

Griff Rhys-Jonesin juontama matkailuohjelma pyörii
YouTuben kautta televisiosta.

PAUL
Tell me about the years 1986 to 1994.
(suom. Kerro minulle vuosista 1986 1994:ään saakka.)

AKI
Ok. By the way, do you know this guy?
He used to be a comedian in the 1980s, this is from
2015, this documentary. How time passes?
I can tell you a something about Jonatan and myself.
(suom. Ok. Muuten, tunnetkö tämän tyypin. Hän oli
ennen koomikko 1980-luvulla, tämä dokumentti
on vuodelta 2015. Kuinka aika meneekin eteenpäin?)

PAUL
I'm listening.
(suom. Kuuntelen)

Aki laittaa Jonatanin elokuvan pyörimään television
kautta. He katsovat sitä samalla kun he keskustelevat.

AKI
Ok, I didn't see him quite much
after he moved to America.
(suom. Ok, en nähnyt häntä
paljon sen jälkeen kun hän
muutti Amerikkaan)

PAUL

Didn't you three promised
to be friends forever?
(suom. Ettekö te kolme luvanneet
olla ystäviä ikuisesti?)

AKI
Yes, and we were close to each other always. But
things changed. Jonatan wanted to be a recluse.
(suom. Kyllä ja me kolme olimme läheisiä toisillemme
aina. Mutta asiat muuttuivat. Jonatan halusi olla
erakko)

PAUL
Tell me stories about him. I'm listening.
(suom. Kerro minulle tarinoita hänestä.
Kuuntelen)

AKI
Ok.

INT. JONATANIN LAPSUUDENKOTI. YÖ. 1990

Jonatan ja Aki kävelevät olohuoneesta keittiöön.
Keittiön huone on pimeä mutta katon keskellä oleva
lamppu valaisee sitä. He istuutuvat pöytään ja alkavat
keskustelemaan hiljaisella, käheällä äänellä.
Vanhentuneesti kuvattu.

AKI
Hei, missä äitisi on?

JONATAN
Äiti nukkuu. Puhutaan hiljaa.

AKI
Olet 18-vuotias. Mihin aiot mennä opiskelemaan?

JONATAN
Teatterikouluun.

AKI
Sinusta siis tulee se josta olet aina unelmoinut.

JONATAN
Onko sinulla suunnitelmia?

AKI
Onhan minulla.

JONATAN
Haaveiletko elokuvan tekemisestä?

AKI
Kyllä. Ajattele mikä mahdollisuus, luoda taidetta
ilman että tarvitsee olla jonkinlainen kirjaviisas.

JONATAN
Niin kuin loisi oman maailmansa.

AKI
Ajattele kaikkea sitä kulttuuria josta me
aiomme nauttia. Kaikkia niitä bändejä.

JONATAN
Ja ajattele kaikkia niitä ihmisiä
joita tulemme tapaamaan.

AKI
Sanotaan että elämä on mysteeri, arvoitus.

JONATAN
Sanotaan myös että joskus
asiat jotka ovat menneisyydessä
olleet hämäriä, muodostuvat
myöhemmin osaksi suurempaa tarkoitusta.

AKI
Sanotaan myös että ne asiat
jotka menneisyydessä
ovat olleet ihmisten puheissa,
muodostuvat myöhemmin
osaksi suurempaa tarkoitusta.
Kaikki ne yksityiskohdat.

JONATAN
Me olemme nyt elämän alkupuolella.

AKI
Tässä me ollaan.

JONATAN
Niin.

AKI
Pidätkö paljon Kubrickin elokuvista?

JONATAN
Pidän erittäin paljon.
Missäköhän hän on nyt?

AKI
Tekemässä seuraavaa elokuvaa?

JONATAN
Missäköhän kaikki ovat nyt?
Missäköhän River Phoenix on nyt?

AKI
Missäköhän Hilla on nyt?
Missäköhän Kurt Cobain on nyt?

JONATAN
Kurt Cobain? Kuka hän on?

AKI
Yksi muusikko jota kuuntelen.

JONATAN
Ai.

AKI
Oot kuin veli mulle.

JONATAN
Niin säkin mulle.

INT. TEATTERIKOULUN LAVA. PÄIVÄ. 1991.

Karoliina Valve, näyttämötaiteen maisteri,
50-vuotias nainen, opettaa nuorta Jonatania
näyttelemään. Karoliina on seksikkään ja
intohimoinen näköinen. Kohtaus on vanhentuneesti
kuvattu. Take My Breath Away soi taustalla.

KAROLIINA
Hei, poika. Sinun täytyy olla
puheliaampi lavalla,
supliikkimies.

JONATAN
En ole vielä valmis siihen.

KAROLIINA
Kamoon, Jonatan, kamppaile kanssani.

JONATAN
Mitä?

KAROLIINA
Harjoita itsepuolustustaitojasi kanssani.
Kamppaile kanssani.

Karoliina laittaa kätensä itsepuolustusasentoon.
Jonatan myötäilee häntä. He alkavat kamppailemaan.
Karoliina kampittaa Jonatanin.

KAROLIINA
Kiusaajat saavat voimansa toisen heikkoudesta.

Jonatan nousee ylös. Hän yrittää kaataa
Karoliinan mutta Karoliina nujertaa hänet taas.

KAROLIINA
He tietävät täsmälleen mikä
toisen heikkous on.
Ja iskevät siihen.

Jonatan nousee taas ylös. Hän yrittää jälleen
kerran kaataa Karoliinan mutta Karoliina nujertaa
hänet taas.

KAROLIINA
Eikä heillä ole lainkaan sääliä. He voivat olla
miehiä tai naisia. Ihan sama, he ovat vahvempia kuin
sinä, Jonatan, tällä hetkellä.

JONATAN
Koska tämä loppuu?

Karoliina ottaa Jonatanin otteisiinsa.

KAROLIINA
Saat minut, Jonatan. Saat minut.
Mutta sinun on ensiksi tehtävä töitä.

JONATAN
Opeta minua näyttelemään.

KAROLIINA
Sinun täytyy laihduttaa seuraavien kuukausien
aikana 10 kiloa. Ja sitten käydä kuntosalilla.

JONATAN
Okei.

Jonatan kaataa Karoliinan ja he alkavat suutelemaan.
Sen jälkeen Karoliina nauraa.

INT. KYLPYHUONE. ILTA

Karoliina ottaa vaatteensa pois. Hän harrastaa
Jonatanin kanssa kiihkeää seksiä. Karoliinan kasvot ja
alaston vartalo näkyy pisaraisella ruudulla. He ovat
suihkun lasiseinän takana. Take My Breath
Away soi edelleen taustalla.

EXT. AKIN ASUNNON RAKENNUS. ILTA.

INT. AKIN ASUNTO. ILTA

PAUL
What else?
(suom. Mitä muuta?)

AKI
What else.
(suom. Mitä muuta)

Aki polttaa jointistaan sauhut.
Sitten hän alkaa kertomaan tarinaa eteenpäin.

AKI
This happened in 1995.
(suom. Tämä tapahtui vuonna 1995)

SEKSIKAUPAN ULKO-OVI. PÄIVÄ

Seksikauppa on punainen ja vanhentuneesti kuvattu.

SEKSIKAUPPA. PÄIVÄ. 1995.

Seksikauppa on punaisella valaistu.
Kohtaus on vanhentuneesti kuvattu.

MYYJÄ
Hei miten voin auttaa ?

JONATAN
Olen Jonatan. Haluaisin privaattishow'n

MYYJÄ
Täältä voit saada muutakin kuin privaattishow'n.

JONATAN
Ai jaa.

MYYJÄ
Hei Jenni, sinulle on asiakas.

Jenni tulee heidän luokseen puolialastomana.

Hän hämmästyy ja Jonatan on mykkänä.
Kyseessä on nainen Jonatanin lapsuudesta.

JENNI
Tule tänne.

Jonatan kävelee hänen luokseen.

INT. SEKSIKAUPAN TAKAHUONE.

JENNI
Käy maate.

Jonatan käy makuulle.
Jenni alkaa hieromaan Jonatania.
Jonatan näyttää ovelalta kuin aikoisi sanoa jotain.

JONATAN
Olenko minä nyt seksisymboli? Kysyn sinulta.

JENNI
Ole hiljaa.

JONATAN
Haluatko nussia? Vai hierotko ensin?

JENNI
Nussia. Miksei?

JONATAN
Okei.

JENNI
Mutta se maksaa. Toiset viisikymmentä markkaa.

Jenni ottaa vaatteensa pois. He alkavat hyväilemään
toisiaan.

JONATAN
Oletko vielä taitoluistelija?

JENNI
Opetan lapsia taitoluistelussa.

JONATAN
Lapsia mekin olimme silloin.

JENNI
Niin, minä hylkäsin sinut.

JONATAN
Minusta tuli aika seksikäs.

JENNI
Niin, vaikken uskonut siihen silloin.

Jenni käy makuulle Jonatanin hyväillessä häntä takaapäin. Sitten hän alkaa rakastelemaan häntä. Supremesin Love Child soi taustalla.

EXT. KATU RAKENNUKSEN EDESSÄ. ILTA

Paul ja Aki polttavat tupakkaa rakennuksen edessä.

PAUL
What about Jonatan's love life?
(suom. Entäs Jonatanin rakkauselämä?)

AKI
He didn't have any. Or, he only had short,
disappointing sexual relationships.
(suom. Hänellä ei ollut yhtään. Tai,
hänellä oli ainoastaan lyhyitä pettymyksellisiä
seksuaalisia suhteita)

PAUL
Do you still have anything to give me?
(suom. Onko sinulla vielä jotain
annettavaa minulle?)

AKI
I can give you Valtteri Virta's number.
(suom. Voin antaa sinulle Valtteri
Virran numeron)

PAUL
Who is Valtteri Virta?
(suom. Kuka on Valtteri Virta?)

AKI
He is an actor living in America.
He is Jonatan's godfather.
(suom. Hän on näyttelijä joka asuu
Amerikassa. Hän on Jonatanin
kummisetä)

PAUL
What else?
(suom. Mitä muuta?)

AKI
That was all.
(suom. Siinä oli kaikki)

PAUL
Kiitos.

AKI
Oh, how the days just pass us by.
And life is like a dream.
(suom. Kuinka päivät vain

kulkevat ohitse. Ja elämä on
kuin unta)

PAUL
Yes. You speak good English.
Thanks by the way. Again.
(suom. Kyllä, puhut hyvää englantia.
Kiitos muuten. Taas.)

EXT. HAKANIEMI. ILTA. 2022

Autot ajavat tunnelmallisessa illassa. Jossain kulkee
bussi.

INT. HOTELLIN AULA. ILTA. 2022

Paul selailee aulan tietokoneelta imdb-sivustosta
Valtteri Virran filmografiaa. Siinä näkyy vanhentuneita
julisteita 1980-luvun lopun ja 1990-luvun alun
elokuvista. Hän soittaa Valtterille Yhdysvaltoihin.

VALTTERI
Valtteri puhelimessa.

PAUL
Hi. I'm Paul.
(suom. Hei, olen Paul)

VALTTERI
Oh. Well what do want to know?
(suom. Okei. Mitä haluat tietää?)

PAUL
I want to know about Jonatan's time in America.
(suom. Haluan tietää Jonatanin ajasta Amerikassa)

VALTTERI
Ok.

PAUL
What did you talk about in America?
(suom. Mistä puhuitte Amerikassa?)

VALTTERI
We talked about politics and acting.
But mainly politics.
(suom. Me puhuimme politiikasta
ja näyttelemisestä. Mutta pääosin
politiikasta)

PAUL
When did you talk about those things?
(suom. Milloin te puhuitte noista
asioista?)

VALTTERI
We talked about them after 9/11.
(suom. Me puhuimme niistä
WTC-iskujen jälkeen)

PAUL
Tell me about it.
(suom. Kerro minulle siitä)

EXT. SATEINEN KATU. AAMU.

Ruudussa näkyy päivämäärä 12.9.2001.
Valtteri ja Jonatan kävelevät pitkin sateista katua.

VALTTERI
Aikamoinen juttu nämä iskut.

JONATAN

Kyllä.

VALTTERI
Hirveä yllätys, en olisi ikinä arvannut.

JONATAN
En minäkään.

VALTTERI
Hei Jonatan, kerroit minulle
haluavasi aktivistiksi.

JONATAN
Niin. Se on vasta alussa, ehkä lähitulevaisuudessa
tai sitten pitkän ajan päästä.

VALTTERI
Miksi haluat aktivistiksi?

JONATAN
Näen tämän maan olevan yhteiskunnallisesti sairas.
Sillä tavalla että tämä maa on henkisesti halvaantunut.

VALTTERI
Koska aiot muuttaa Yhdysvaltoihin?

JONATAN
Ehkä lähiaikoina, en tiedä onko minulla vielä varaa
siihen.

VALTTERI
Minä voin tukea sinua rahallisesti.

JONATAN
Kiitos.

VALTTERI

Mitäköhän Bush tekee tämän jälkeen?

JONATAN
Luultavasti murhaa miljoonia.

VALTTERI
Tämä vuosikymmen on alkanut aika
pelottavalla tavalla.

JONATAN
Tästä vuosikymmenestä tulee inhottava,
mekaaninen, julma.

VALTTERI
Ehkä sitä seuraava vuosikymmen
on parempi.

JONATAN
Miten voit auttaa minua elokuvaurassani?

VALTTERI
Teen mainoksia eri puolilla Aasiaa joten en vielä pysty
sellaiseen.

JONATAN
Ai.

VALTTERI
Mutta minulla on suhteita.
Tulevaisuudessa voin auttaa urasi alulle täällä.

JONATAN
Kiitos paljon.

VALTTERI
Ei kestä.

VALTTERI (c'ntinued)
Muistan kun olit pieni poika.
En minä hirveästi
välittänyt sinusta alkuaikoina mutta
sitten opin välittämään.

JONATAN
Et välittänyt minusta?

VALTTERI
En. Olisi pitänyt välittää. Nyt näen
sinulla loistavan tulevaisuuden.
Vaikka urasi on ollut
nytkin jo vaikuttava.

JONATAN
Kiehtovaa.

VALTTERI
Sanon sinulle yhden neuvon naisia varten.
Älä ikinä hätäile, vastaukset löytyvät tai jos eivät
löydy sinun täytyy vain hyväksyä tilanteesi.
Olen nähnyt ihmisten pilaavan
vuotensa jopa koko elämänsä hätäilemällä
kaikesta. Hätäilemällä urastaan, hätäilemällä
lahjakkuudestaan, hätäilemällä naisista.

JONATAN
En alistu sellaiseen.

VALTTERI
Hyvä.

Jonatan menee puhelinkopin äärelle ja
soittaa ystävälleen.

INT. TYHJÄ HUONE. AAMU

Nauhuri pyörii huoneessa. Sisällä
on mieshenkilö nimeltään Hector
joka kuuntelee Jonatanin puhetta.
Kamera kuvaa huonetta eri nurkista,
ei itse puhelinkeskustelijoita. Taustalla
kuuluu traagista pianon soitantaa. Puhe
kuuluu taas

JONATAN
Hi, quite a surprise these attacks.
(suom. Hei, aikamoinen yllätys nämä iskut)

HECTOR
Right. How awful for the victims
and their loved ones.
(suom. Totta. Kuinka kamalaa uhreille
ja heidän omaisilleen)

JONATAN
Do you have any news
concerning the club?
(suom. Hei, onko sinulla
mitään uutisia liittyen
kerhoon?)

HECTOR
(suom. The club is starting
its season right now. There
are a lot of things on the agenda.
(suom. Kerho aloittaa taas
kautensa. Nyt on
paljon asioita esityslistalla)

JONATAN
What about Bush's

military records?
Have you found anything?
(suom. Entä Bushin
armeijan asiakirjat? Oletko
löytänyt mitään?)

HECTOR
Not yet.
(suom. En vielä.)

HECTOR (c'ntinued)
Come here.
I have pot.
(suom. Tule tänne.
Minulla on marihuanaa.)

15 sekunnin tauko.

JONATAN
Ok. But I want half.
(suom. Okei. Mutta haluan puolet)

HECTOR
Of the money or the pot?
(suom. Rahoista vai marihuanasta?)

JONATAN
Both.
(suom. Molemmista)

HECTOR
Remember: it is only a club now.
Both in the future it will be a fucking revolution.
(suom. Muista: se on vain klubi nyt. Mutta
tulevaisuudessa siitä tulee vitunmoinen vallankumous)

JONATAN

I think so too. Listen, we must go to the desert.
To talk about these things in depth.
(suom. Luulen niin myös. Kuule, meidän
täytyy mennä aavikolle. Puhumaan
näistä asioista syvällisemmin)

HECTOR
I agree. Let's do that.
(suom. Olen samaa mieltä. Tehdään niin.)

JONATAN
I miss you, I miss your presence.
(suom. Kaipaan sinua, kaipaan läsnäoloasi)

HECTOR
I miss you too.
(suom. Kaipaan sinua myös)

INT. HOTELLIHUONE. ILTA.

Paul on nyt puhelimessa Hectorin kanssa.
Kamera kuvaa ensin Paulia ja sitten tyhjän
huoneen tiloja.

PAUL
Hi. This is Paul.
(suom. Hei. Tässä Paul)

HECTOR
Hi.

PAUL
I want to know what Jonatan
did at the Mojave desert?
(suom. Haluan tietää mitä
Jonatan teki Mojaven aavikolla?)

HECTOR
Okay. I have some information
about him. He had some friends
with whom he shared peyote.
(suom. Okei, minulla on jotain tietoa siitä. Hänellä oli
joitakin ystäviä joiden kanssa hän jakoi
peyotea.)

PAUL
Ok, tell me about it.
(suom. Okei, kerro minulle siitä)

HECTOR
Ok.

EXT. MOJAVEN AAVIKKO. YÖ. 2012.

Jonatan, Hector, tummaihoinen Dave ja intiaanipari
Kim ja Lisa ovat aavikolla viettämässä yötä.

JONATAN
Hei, Dave why are you here alone?
(suom. Hei, Dave, miksi olet täällä
yksin)

DAVE
My friends are busy.
(suom. Ystäväni ovat kiireisiä)

JONATAN
I just lost my dear friend.
I'm very sad about it.
Have you guys lost any of your friends?
(suom. Menetin juuri läheisen
ystäväni. Olen hyvin surullinen siitä.
Oletteko te menettäneet yhtään ystäviä?)

DAVE
I've lost many friends. But it's been a
long time since they died.
(suom. Olen menettänyt monia ystäviä.
Mutta siitä on pitkä aika kun he kuolivat)

JONATAN
My friend died because of personal
traumas. She committed suicide.
(suom. Ystäväni kuoli henkilökohtaisten
traumojen vuoksi. Hän teki
itsemurhan)

DAVE
How did she do that?
(suom. Kuinka hän teki sen?)

JONATAN
She hung herself in a bathroom.
(suom. Hän hirtti itsensä kylpyhuoneeseen)

DAVE
What a shame.
(suom. Harmi juttu)

KIM
That's very sad.
(suom. Tuo on hyvin surullista)

LISA
That's very depressing.
(suom. Tuo on hyvin masentavaa)

JONATAN
Yeah, I've lost two of my closest friends.
(suom. Niin, olen menettänyt kaksi
läheisintä ystävääni)

15 sekunnin tauko.

DAVE
Can we start
taking peyote?
(suom. Voimmeko aloittaa
ottaa peyotea?)

HECTOR
Sure.
(suom. Toki)

LISA
Here we are. And millions of people are getting
ready to sleep all around the world.
(suom. Täällä me ollaan. Ja miljoonat ihmiset
ovat valmiina nukkumaan ympäri maailmaa)

Tauko.

LISA (c'ntinued)
America is dead. I've grown tired of this
country. Nothing changes anymore.
(Amerikka on kuollut. Olen kyllästynyt
tämän maan politiikkaan. Mikään ei muutu enää)

JONATAN
I agree. But there is still a possibility
of change here.
(suom. Olen samaa kieltä. Mutta on vielä
mahdollisuus muutokseen täällä)

JONATAN (c'ntinued)
Someday we might have a president
who opposes the power of the richest one percent

and doesn't take money from the lobbyists and
bankers.
(suom. En ole varma olenko täysin samaa mieltä.
Ymmärrän mitä olet sanomassa mutta jonain päivänä
meillä saattaa olla presidentti joka vastustaa
rikkaimman yhden prosentin valtaa eikä ota valtaa
lobbaajilta ja pankkiireilta)

HECTOR
Let us wait for the next election.
(suom. Odotetaan seuraavia vaaleja)

LISA
Nowadays humanity is buried under efficiency.
It sometimes annoys me.
(suom. Nykyään inhimillisyys on kuopattu
tehokkuuden alle. Se joskus ärsyttää minua)

HECTOR
Sad but true.
(suom. Surullista mutta totta)

Jonatan, Hector, Lisa, Dave ja Kim ottavat yhdessä
peyotea ja nauttivat yön tunnelmasta.

KIM
This world has turned into a show,
a circus. The emptiness
of modern age, I know it too well.
But nobody believes me. I miss
the tenderness of the old age.
(suom. Tämä maailma on muuttunut
esitykseksi, sirkukseksi. Nykymaailman
tyhjyys. Tiedän siitä liian paljon.
Mutta kukaan ei usko minua)

JONATAN
This post-modern age can also
be tender. And people
will remember this age as nostalgic too.
At least I assume that.
(suom. Tämä post-moderni aikakausi
voi myös olla pehmeä. Ja ihmiset
tulevat muistamaan tämän ajan
myös nostalgisena. Ainakin luulen niin)

LISA
I know it, but it isn't enough. There
is something meaner
about this age, something completely
devoid of soul.
(suom. Tiedän sen, mutta se ei ole tarpeeksi.
Tässä ajassa on jotain julmempaa, jotain
täysin sieluttomampaa)

JONATAN
It's the media that is meaner,
the system, not people necessarily.
(suom. Se on media joka on julmempi,
systeemi, ei ihmiset välttämättä)

KIM
Yes, this modern age is very short-sighted.
It has all the technology, all the positive
experiences but none of the soul.
(suom. Kyllä, tämä moderni aika on hyvin
lyhytnäköinen. Sillä on kaikki teknologia,
kaikki positiiviset kokemukset muttei
ollenkaan sielua)

DAVE
I miss the past. I miss the past world.
(suom. Kaipaan menneisyyttä.

Kaipaan mennyttä maailmaa)

HECTOR
Me too.
(suom. Minä myös)

JONATAN
It's like, the world had changed
into something uglier while people are still
clinging to beauty. I've always wanted to bring
something poetic to this age.
(suom. On kuin maailma olisi muuttunut
joksikin julmemmaksi samalla kun ihmiset
ovat vielä tarttumassa kauneuteen. Olen aina
halunnut tuoda jotain runollista tähän aikaan)

KIM
Television is so depressing, also.
Just junk, people with
nothing to give to the world.
They are always the happiest people.
(suom. Televisio on niin masentavaa, myös.
Pelkkää roskaa, ihmisiä joilla ei ole
mitään annettavaa maailmalle.
He ovat aina onnellisimpia ihmisiä)

JONATAN
I agree. I have something to
do to influence the world.
(suom. Olen samaa mieltä. Minun on tehtävä
jotakin vaikuttaakseni maailmaan)

DAVE
What are you planning to do?
(suom. Mitä olet suunnitellut tehdä?)

JONATAN
Something big, something great.
(suom. Jotain suurta, jotain mahtavaa)

HECTOR
You have a lot of things on your mind,
Jonatan. A lot of things.
(Sinulla on paljon asioita mielessäsi,
Jonatan. Paljon asioita)

KIM
It's good, it's important.
(suom. Se on hyvä, se on tärkeää)

Tauko.

JONATAN
The world is like a nightmare, reality is
like a nightmare. Sometimes I want to escape that.
(suom. Maailma on kuin painajainen, todellisuus
on kuin painajaista. Haluan paeta sitä)

DAVE
Do you want to be a recluse?
(suom. Haluatko olla erakko?)

JONATAN
Yes, at some point.
(suom. Kyllä, jossain kohtaa)

DAVE
I see. Why do you want to be a recluse?
(suom. Ai jaa. Miksi haluat olla erakko?)

JONATAN
Because I want to dedicate my life to things

that are important to me.
(suom. Koska haluan omistaa elämäni
asioille jotka ovat tärkeitä minulle)

DAVE
Like what?
(suom. Kuten mitä?)

JONATAN
Art and pleasures. Seeing the world from
different perspectives. To influence the world. Far away
from people.
(suom. Taide ja nautinnot. Nähdä asioita eri
perspektiiveistä. Vaikuttaa maailmaa.
Kaukana ihmisistä)

HECTOR
Hey, Kim and Lisa, have you got
something to play for us?
(Hei, Kim ja Lisa, onko teillä mitään
soitettavaa meille?)

KIM JA LISA
Yes.

Koko porukka pysähtyy kuuntelemaan Kimin ja Lisan
esittämää Scott McKenzien San Francisco-laulua.

JONATAN
I remember when my father was killed. It was in
Venezuela. I missed him so much. I think I should live
in remembrance of the dearest people in my life who
have died. To dedicate my life to them.
(suom. Muistan kun isäni kuoli. Se oli Venezuelassa.
Kaipasin häntä niin paljon. Olen sitä mieltä että minun
täytyisi elää muistaen rakkaimpiani ihmisiä jotka ovat
kuolleet. Omistaa elämäni heille.

KIM
Sounds like a good plan.

EXT. HAKANIEMI. ILTA 2022

Autot ajavat tunnelmallisessa illassa.

INT. HOTELLIN AULA. ILTA. 2022.

(Mystisen tutkijamusiikin soidessa taustalla)

Paul selailee aulassa internetin YouTube-sivustoa.
Siinä näkyy lauluohjelma jossa Maria Lindroos
esiintyy. Katsomossa näkyy tuntematon naishenkilö
jolla on vaaleanvihreät rastat. Paul pysäyttää
klipin kesken nähdäkseen naishenkilön kasvot
pysäytettynä. Henkilö on Hanna Sofia.

Sitten hän huomaa internetin englanninkielisellä
keskustelupalstalla tietoa psykiatrisen osaston
vaietuista tapauksista. Kuva pysähtyy näihin eri
sanoihin: SUICIDES CAN BE CAUSED BY THE
ACTIONS OF THE STAFF AT PSYCHIATRIC WARDS.
HOMICIDES AT THE PSYCHIATRIC WARDS MAY
ALSO BE PERPETRATED BY THE STAFF MEMBERS.
(suom. Itsemurhat voivat johtua psykiatrisen osaston
henkilökunnan teoista. Psykiatrisen osaston
kuolemantapaukset voivat myös olla henkilökunnan
suorittamia)

Tässä kohtaa Paulin silmät tuijottavat ruutua shokissa.

Sitten kuva pysähtyy tuohon englanninkieliseen
tekstiin uudestaan.

EXT. KAMPIN KADUT. ILTA. 2022

Paul kävelee katuja kädet pitkän mustan takkinsa
taskuissa. Hän päätyy Tavastian eteen. Hän kävelee
rakennuksen sisään.

CUT TO:

INT. TAVASTIAN TAKAHUONE. AAMU.

Seinillä näkyy räikeitä kirjoituksia.
Siskolla on yllään punaiset itämaiset vaatteet.

SISKO
Kuka olet?

PAUL
Paul.

SISKO
Oh, come on in.
(suom. Ai, tule sisään)

Paul kävelee sisään.

SISKO
Sorry about the mess.
(suom. Sori sotkusta)

PAUL
It's okay. You're Jonatan's sister.
Do you have photographs about him?
(Ei se mitään. Olet Jonatanin sisko.
Onko sinulla valokuvia hänestä?)

SISKO
I have some photographs of Jonatan and our relatives.

And of course of Maria and Hanna Sofia.
(suom. Minulla on joitain valokuvia Jonatanista ja
sukulaisistamme. Ja tietenkin Mariasta ja Hanna
Sofiasta)

Sisko ottaa laatikosta valokuvia ja näyttää niitä
Paulille. Paul istuutuu ja katsoo valokuvaa Jonatanista
Tukholmassa Anna-äidin, Janne-isän ja Siskon kanssa
vuodelta 1980.

PAUL
Hän on masentunut tässä.

SISKO
Yes.

Paul katsoo toista valokuvaa. Siinä on Hilla ja Jonatan
ylä-asteen luokkakuvassa vuodelta 1984.

PAUL
Aah, school photo. Hilla is here.
(suom. Ai, koulukuva. Hilla on täällä)

Paul katsoo kolmatta valokuvaa, siinä on
Maria Lindroos luokkakuvassa vuonna 2000.

PAUL
This is Maria.
(suom. Tämä on Maria)

SISKO
Yes Maria and Hanna Sofia.
I have a video clip about them from 1998.
(suom. Niin, Maria ja Hanna Sofia. Minulla on
videoklippi heistä vuodesta 1998)

Sisko laittaa videonauhan pyörimään. Siinä näkyy

Maria ja Hanna Sofia haastattelussa. Kuva on
vanhentunut kauniisti.

PAUL
How nostalgic.
(suom. Kuinka nostalgista)

SISKO
Yes. Maria and Hanna Sofia, I can show you video clip
about them. It was a year before Maria's suicide, in
2012. Hanna died three years later.
(suom. Niin, Maria ja Hanna Sofia. Voin näyttää sinulle
videoklipin heistä. Se oli vuotta ennen Marian
itsemurhaa, vuonna 2012. Hanna kuoli kolme vuotta
myöhemmin)

Sisko laittaa videokameralla kuvatun nauhan
pyörimään. Siinä Maria ja Hanna Sofia ilakoivat
kadulla.

MARIA
Hanna, tuletko tanssimaan jalkakäytävälle?

HANNA
Tulen.

MARIA
Katse kameraan päin.

HANNA
Okei.

MARIA
Hei, ei mennä enää sairaalaan.

HANNA
Todellakin. Ei me päästä sieltä muuten pois.

MARIA
Hei, jos me emme löydä miehiä puolisoiksemme.
niin ollaan yhdessä itse.

HANNA
Joo, sopii!

Maria puristaa Hannan takapuolta. He alkavat
suutelemaan.

PAUL
Who was filming this?
(suom. Kuka oli kuvaamassa tätä?)

SISKO
It was me.
(suom. Se oli minä.)

PAUL
Oh.

SISKO
Here's another video of them.
I thought you should see this.
(suom. Tässä on toinen video heistä)

Sisko laittaa toisen videon pyörimään. Siinä Maria ja
Hanna Sofia ovat pimeässä metsässä keskiyöllä.

HANNA
Hei Maria, tule tänne.

MARIA
Kyllä, Hanna.

HANNA

Nyt saamme olla rauhassa.

MARIA
Hei Hanna, mennään tänään lepakkobaariin.

HANNA
Et saa pyytää tota kameran edessä.

MARIA
Ei sitten.

HANNA
Täällä on tosiaan ikimuistoista, rauhaisaa.

Kohtaus kääntyy Pauliin joka tuijottaa videokameran
kuvaa ja sitten kuvaan jossa Hanna Sofia ja Maria
temppuilevat hidastetussa kuvassa.

Sisko alkaa katsomaan Paulia himokkaasti.

SISKO
Hey, mister. Do you want to fuck?
(suom. Hei äijä. Haluatko nussia?)

PAUL
No thanks. I have other things to do.
(suom. Ei kiitos. Minulla on muita asioita
tehtävänä.)

INT. HOTELLIHUONE. AAMU. 2022.

PAUL
Paul.

JONATAN
It's me, Jonatan. I'm in New York, in a mansion in the
middle of nowhere. I've booked you a private plane.

(suom. Se on minä Jonatan. Olen New Yorkissa,
kartanossakeskellä ei-mitään. Olen varannut sinulle
yksityiskoneen)

PAUL
I knew you weren't dead.
(suom. Tiesin ettet ollut kuollut)

JONATAN
Here I am, Paul. Hop into the plane!
(suom. Tässä minä olen Paul. Hyppää
koneeseen)

PAUL
What for?
(suom. Minkä vuoksi?)

JONATAN
Don't you want to meet me? I'm here ready for you.
I've arraigned everything for you.
(suom. Etkö halua tavata minua? Olen täällä valmiina
sinua varten. Olen valmistanut kaiken sinua varten.)

PAUL
Ok.

EXT. HELSINKI-VANTAAN LENTOKENTTÄ.

Illalla Paul saapuu yksityiskoneelle, joka vie hänet
suoraan New Yorkin autiolle kartanolle.

EXT. NEW YORKIN LENTOKENTTÄ. ILTA.

Lentokoneen laskeutuessa lihava, violettipukuinen
mies on häntä vastassa. Hän vaikuttaa aasialaiselta,
hänellä on viikset ja parta sekä omituinen päähine joka
saa hänet näyttämään vanhan ajan portieerilta. Hän

saattaa Paulin ulos taksiin ja Paul kulkee taksissa Jonatanin kartanolle joka seisoo yksinään autiossa, iltaisessa maisemassa. Muita asuntoja ei ole kymmenen kilometrin säteellä ollenkaan.

CUT TO:

EXT – KARTANON EDUSTA. ILTA.

Hän saapuu oven eteen jonka kyltissä ei lue Vanhala vaan Newman. Yhtäkkiä hän huomaa Jonatanin avaavan oven.

INT – JONATANIN KARTANO. ILTA

Kartanossa on ruskeat seinät ja lattiat, valtavien rappusten näkyessä alaspäin, kirjahyllyt ovat täynnä satoja albumeita ja vanhoja film noir-elokuvia ja keittiö on suurin minkä hän on nähnyt. Seiniä koristavat useat Picasson kubistiset teokset sekä Ameleo Modiglianin muotokuvat.

Jonatan on edelleen nuorekkaan näköinen, hänellä on viiruiset, isot silmät ja hän on sopivasti pullea. Hänellä on yllään smokki. Hän katsoo Paulia välillä ihaillen ja välillä ilkeän säälivästi tuijotellen. Hän jatkaa Paulin tuijottamista. He alkavat puhumaan englanniksi, hitaasti.

JONATAN
It is so nice to see you. It's good that you came.
(suom. On mukava nähdä sinua. On hyvä että tulit)

PAUL
It's good to be here.
(suom. On hyvä olla täällä)

JONATAN
Here we are. After all these years.
(suom. Tässä me ollaan. Kaikkien näiden
vuosien jälkeen)

PAUL
It is nice to see you too.
(suom. On mukava nähdä sinua)

JONATAN
I have so many things to say to you, Paul.
Have you got a lot of questions to ask me?
(suom. Minulla on niin monta asiaa sanottavana
sinulle, Paul. Onko sinulla paljon kysymyksiä
kysyttävänä minulta?)

PAUL
Yes, I have.
(suom. Kyllä minulla on)

JONATAN
Good.
(suom. Hyvä)

PAUL
I have many things to ask you, Jonatan, as well.
(suom. Minulla on monta asiaa kysyttävänä sinulta,
Jonatan, myös)

JONATAN
Good, that is what I want to hear.
(suom. Hyvä, se on mitä haluan kuulla)

PAUL
Why did you invite me here?
(suom. Miksi kutsuit minut tänne?)

JONATAN
Oh, Paul. There are so many things you don't know yet.
(suom. Oi, Paul. On niin monia asioita joita
et tiedä vielä)

PAUL
What do you mean?
(suom. Mitä tarkoitat?)

JONATAN
This is where it all ends. Your big journey. I am the
author of all your curiosity. I think about what you
want to know but I don't want to ask you. (suom. Tämä
on se mihin tämä kaikki päättyy. Suuri matkasi.
Olen kaiken uteliaisuutesi aiheuttaja. Ajattelen mitä
halua tietää mutta en halua kysyä sinulta)

Jonatan kävelee olohuoneen läpi ja valitsee
lasin johon hän kaataa viskiä.

PAUL
Why do you have a tuxedo?
(suom. Miksi sinulla on smokki?)

JONATAN
I am part of an important and secretive organization.
(suom. Olen osa merkittävää ja salaista järjestöä)

PAUL
Who are you? Who are you, Jonatan?
(suom. Kuka sinä olet? Kuka sinä olet, Jonatan?)

JONATAN
I am the creator of your journey, I see everything
through you, your project, I am always ahead of you.
(suom. Olen matkasi luoja. Näen kaiken sinun lävitse,
projektistasi. Olen aina sinun edelläsi.)

PAUL
What do you mean?
(suom. Mitä tarkoitat?)

JONATAN
This journey you have made. It is part of a larger
scheme. There is a higher power which has created this
story, your every step, your every plan. I know it and
my godfather knows it. I have lived through this
journey thinking about you. (suom. Tämä matka jonka
olet tehnyt. Se on osa suurempaa suunnitelmaa. On
olemassa korkeampi voima joka on luonut
tämän tarinan, jokaisen askeleesi, jokaisen
suunnitelmasi.
Minä tiedän sen, kummisetäni tietää sen. Olen elänyt
tämän matkan läpi ajatellen sinua)

PAUL
What do you mean?
(suom. Mitä tarkoitat?)

JONATAN
Have you ever got that feeling that everyone knows
everything about you, that everyone knows your mind?
Isn't it annoying to live in that kind of world where
everyone sees everything about you?
(suom. Onko sinulla ikinä sellaista tunnetta että
kaikki tietävät kaiken sinusta, että kaikki tietävät
mielesi? Eikö ole ärsyttävää elää sellaisessa
maailmassa
missä kaikki näkevät kaiken sinusta?)

PAUL
Tell me more.
(suom. Kerro minulle lisää.)

JONATAN
I know that you went to a field trip as a juvenile in
Hollywood in the year 1998. Did you know that in the
same time there was the rock concert you know
through my friend, Tomi?
(suom. Tiedän että menit luokkaretkelle
nuorukaisena Hollywoodissa vuonna 1998.
Tiesitkö että samaan aikaan oli se rock-konsertti
josta tiedät ystäväni, Tomin kautta?)

Paul katsoo Jonatania hämmentyneenä.

PAUL
Let me understand even a fraction of
what you are saying. Who are you?
(suom. Anna minun ymmärtää edes
murto-osaa siitä mitä sanot. Kuka sinä olet?)

JONATAN
This is a dream, this notion of yours that you have
controlled all of your doings, all of your goings for a
long time.
(suom. Tämä on unta, tämä sinun kuvitelmasi
että olet kontrolloinut kaikkea tekemääsi,
kaikkea menemistäni pitkän aikaa)

PAUL
A dream?
(suom. Unta?)

JONATAN
When you watched the rainy sentences of Wikipedia,
the catchy videos of YouTube, it was all just a dream.
We can go downstairs, I can show you
everything you want to know.
(suom. Kun katsoit Wikipedian sateisia lauseita,
YouTuben koukuttavia videoita, se oli kaikki pelkkää

unta. Me voimme mennä alakertaan, voin näyttää
sinulle kaiken minkä haluat tietää)

PAUL
Alright. But why me?
(suom. Okei. Mutta miksi minä?)

JONATAN
There is a bond that unites us. Reality is something
that cannot be communicated through words.
It is beyond words. So our bond is a very special one.
It's mystical and magical.
(suom. On side joka yhdistää meitä. Todellisuus on
jotain mitä ei voi kommunikoida sanojen kautta.
Se on sanojen ulottumattomissa. Joten siteemme
on hyvin erityinen. Se on mystinen ja maaginen)

PAUL
What about the three women?
(suom. Entäs ne kolme naista?)

JONATAN
Maria, Hanna Sofia and Hilla. They are dead. Sensitive,
tragic, fateful souls. They escaped the cruel world to
write songs and died in the end. I don't want to talk
about them because I respect them so much. But they
are dead now. It happens. Life's like that. They were
amazing women all of them.
It is their feminine beauty and love that shines through
our activism. Now it is your time to shine.
(suom. Maria, Hanna Sofia ja Hilla. He ovat kuolleita.
Herkkiä, traagisia, kohtalokkaita sieluja. He pakenivat
julmaa maailmaa kirjoittaakseen lauluja ja kuolivat
lopulta. En halua puhua heistä sillä kunnioitan heitä
niin paljon. Mutta he ovat kuolleita nyt. Sitä tapahtuu.
Elämä on sellaista. He olivat ihmeellisiä naisia kaikki
heistä. Heidän naisellinen kauneus ja rakkaus joka

loistaa aktivismimme kautta. Nyt on sinun aikasi
loistaa)

PAUL
My time to shine?
(suom. Minun aikani loistaa?)

JONATAN
Yes, I can arrange that for you.
(suom. Kyllä, voin järjestää sen kaiken sinulle)

PAUL
You fascinate me.
(suom. Olet kiehtova)

JONATAN
I am more than you think I am. Where do you think
I go nowadays? I go to secret meetings where there
are people who you shouldn't mess with.
(suom. Olen enemmän kuin luulet minun olevan.
Missä luulet että käyn nykyisin? Käyn salaisissa
tapaamisissa joissa on ihmisiä joita sinun ei
kannattaisi häiritä)

PAUL
My book is almost finished. But I could
write a thousand more books about this.
(suom. Kirjani on pian valmis. Mutta voisin
kirjoittaa tuhat kirjaa lisää tästä)

JONATAN
Let's go downstairs,
I want to show you something.
(suom. Mennään alakertaan.
Haluan näyttää sinulle jotain)

Paul ja Jonatan lähtevät kulkemaan tummanruskeita

rappusia kohti alakerran valtavaa huonetta.

JONATAN
This is you walking in Helsinki.
I know almost everything about you.
(suom. Tämä on sinä kävelemässä
Helsingissä. Tiedän melkein kaiken sinusta)

PAUL
Why have you filmed me?
(suom. Miksi olet kuvannut minua?)

JONATAN
I can tell you that later. Sit on a chair.
What dream did you see on the plane?
(suom. Voin kertoa sen sinulle myöhemmin.
Istu tuoliin. Mitä unta näit muuten lentokoneessa?)

PAUL
There was a woman in an empty room.
The woman was dead.
(suom. Tyhjässä huoneessa oli nainen
Nainen oli kuollut)

JONATAN
Oh. Are you going to write the book?
(suom. Okei, aiotko kirjoittaa sen kirjan?)

Paul seisoo tuskaisena ja apeana pöydän äärellä.

PAUL
I don't know right now. Can you tell me the truth?
Why did you bring me here? Why have you recorded
my every move? (suom. En tiedä juuri nyt. Voitko
kertoa minulle totuuden? Miksi toit minut tänne?
Miksi olet nauhoittanut jokaisen
liikkeeni?)

JONATAN
I have started to resemble modern age, this is why
I have all of this luxurious technology. My mansions
are huge. I knew that you started to write a book about
me so I decided to follow your every step. I have friends
in Helsinki that have followed you. Of course it is not
the only thing that I follow. My whole world is here, I
suck it all at this place and it fulfills me. (suom. Olen
alkanut muistuttamaan nykyaikaa, tämä on syy miksi
minulla on kaikki tämä luksusmainen teknologia.
Kartanoni ovat valtavia.
Tiesin että aloit kirjoittamaan kirjaa minusta joten
päätin seurata jokaista liikettäsi. Minulla on ystäviä
Helsingissä jotka seurasivat sinua. Tietenkin se ei ole
ainoa asia jota seuraan. Koko maailmani on täällä,
imen sen kaiken tähän paikkaan ja se tuo minulle
täyttymyksen)

PAUL
What do you mean by that higher power?
That which has created my journey?
(suom. Mitä tarkoitat tuolla korkeammalla
voimalla? Se joka on luonut matkani?)

JONATAN
I have powerful friends that have
hypnotised you without you knowing it.
(suom. Minulla on vaikutusvaltaisia
ystäviä jotka ovat hypnotisoineet sinut
ilman että olet tietänyt siitä)

JONATAN (c'ntinued)
Shall I make some tea?
(suom. Voisin laittaa teetä?)

PAUL
Fine.
(suom. Sopii)

Jonatan alkaa keittämään teetä.
Paul istuu hiljaa tuolilla.

PAUL
And how did you managed to fake your own death?
(suom. Ja miten onnistuit teeskentelemään oman
kuolemasi?)

JONATAN
Because I know very powerful people. I am not a
well-known man anymore, not an outgoing man
anymore. I don't go to the streets of Finland anymore
where some people might recognize me. I have a Latin
American fan base and I speak fluent Spanish but I
can't be with Latinos anymore either. (suom. Koska
tunnen hyvin vaikutusvaltaisia ihmisiä. En ole
enää tunnettu mies enää, enää sosiaalinen mies. En käy
Suomen kaduilla enää missä jotkut ihmiset saattaisivat
tunnistaa minut. Minulla on latinalais-amerikkalainen
faniryhmä ja puhun sujuvaa espanjaa mutta en voi olla
latinojen kanssakaan enää.)

PAUL
And why did you fake your own death?
(suom. Entä miksi lavastit oman kuolemasi?)

JONATAN
Because I wanted to be far
away from everything. At
some point I noticed that I
wanted to be a recluse.
(suom. Koska halusin olla
kaukana kaikesta. Jossain

vaiheessa huomasin että
haluan olla erakko)

PAUL
You amaze me. I'm speechless.
(suom. Hämmästytät minua.
Olen sanaton)

JONATAN
I hope you have enjoyed your journey.
(suom. Toivon että olet nauttinut
matkastasi)

PAUL
I have enjoyed it.
But why did you invited me here?
(suom. Olen nauttinut siitä. Mutta miksi
kutsuit minut tänne?)

JONATAN
I am part of a network.
A network of night people.
If you want to join us,
please join. I would like you to join us.
(suom. Olen osa verkostoa.
Yöihmisten verkostoa.
Jos haluat liittyä meihin,
pyydän että liityt. Pitäisin
siitä että liityt meihin)

PAUL
What is it?
(suom. Mikä se on?)

JONATAN
We live during nights. We write to
each other, we are

activists against the political
system of this country.
(suom. Me elämme öisin.
Me kirjoitamme toisillemme,
olemme aktivisteja tämän maan
poliittista systeemiä vastaan.)

PAUL
Tell me more.
(suom. Kerro minulle lisää.)

JONATAN
Ok. Let's go outside.
(suom. Okei, mennään ulos)

CUT TO:

EXT. KARTANON PIHA. YÖ

Paul ja Jonatan astuvat ulos kartanosta. Yhtäkkiä ulkoa
alkaa ilmaantua pikku hiljaa ihmisiä, sieltä sun täältä.
Heillä kaikilla on Guy Fawkes-naamiot päällään. Heitä
on lopulta noin 70.

Movetronin Romeo ja Julia alkaa hiljaa soimaan
taustalla.

PAUL
What is this?
(suom. Mitä tämä on?)

JONATAN
A revolution.
(suom. Vallankumous)

PAUL
A revolution of what?
(suom. Minkä vallankumous?)

JONATAN
Love.
(suom. Rakkauden)

JONATAN (c'ntinued)
Want to join us, Paul?
(suom. Haluatko liittyä meihin, Paul?)

Kuva zoomaa Pauliin.

PAUL
Yes.
(suom. Kyllä)

Loppu.

Movetronin Romeo ja Julia soi lopputekstien aikana.